Lois Lowry · Anastasia will hoch hinaus

Lois Lowry

ANASTASIA will hoch hinaus

Aus dem Amerikanischen übersetzt
von Anne Braun

Loewe

Die Deutsche Bibliothek – CIP-Einheitsaufnahme

Lowry, Lois:
Anastasia will hoch hinaus / Lois Lowry.
Aus dem Amerikan. übers. von Anne Braun.
– 1. Aufl. – Bindlach : Loewe, 1999
ISBN 3-7855-3377-2

Dieses Buch ist auf chlorfrei gebleichtem Papier gedruckt.

ISBN 3-7855-3377-2 – 1. Auflage 1999

Published by special arrangement with
Houghton Mifflin Company
Titel der Originalausgabe: Anastasia has the answers
Aus dem Amerikanischen übersetzt von Anne Braun

Umschlagillustration: Silke Brix-Henker
Gesamtherstellung: Wiener Verlag, Himberg
Printed in Austria

Eins

„Ich würde schon gerne mitkommen“, sagte Anastasia, „weil ich noch nie im Leben geflogen bin. Ich glaube, das Fliegen würde mir echt Spaß machen.“

„Also, was ist nun? Hast du dich entschlossen? Soll ich drei Plätze reservieren oder nur zwei?“ Anastasias Mutter saß neben dem Telefon und hatte die Gelben Seiten vor sich unter der Rubrik „Fluggesellschaften“ aufgeschlagen. Sie kreiste eine Nummer mit dem Kugelschreiber ein und griff zum Hörer.

„Hmmmm“, sagte Anastasia unsicher, „vielleicht habe ich Flugangst. Vielleicht wäre es besser, wenn ich für den Anfang nur eine Kurzstrecke fliege, zum Beispiel nach Nantucket oder so, statt gleich bis nach Kalifornien.“

Mrs Krupnik seufzte. „Na schön, wenn du meinst ... Mir soll's recht sein. Dann buche ich nur zwei Plätze für deinen Vater und mich.“

Anastasia kaute nachdenklich auf einer Haarsträhne herum. „Andererseits ...“, murmelte sie zwischen den Haaren hervor.

„Andererseits *was*?“, hakte ihre Mutter etwas ungeduldig nach.

„... war ich noch nie im Leben in Kalifornien. Vielleicht ist das meine einzige Chance. Und da ich später Journalistin werden möchte, sollte ich offen für neue Erfahrungen sein, findest du nicht auch?“

„Glaub mir, du wirst im Leben noch öfters Gelegenheit haben, nach Kalifornien zu kommen. Falls du aber schon morgen fliegen willst, sag es bitte jetzt!“

„Wir schreiben morgen eine Arbeit über Johnny Tremain. Vielleicht sollte ich besser hier bleiben.“

„Also“, sagte Mrs Krupnik leicht genervt. „Siehst du meinen Finger? Ich wähle jetzt. Entscheide dich!“ Sie drückte auf verschiedene Tasten des Telefons.

„Aber ich finde Johnny Tremain schrecklich langweilig“, fuhr Anastasia fort. „Bestimmt schreibe ich eine schlechte Note. Vielleicht sollte ich besser mitkommen.“

„Es klingelt“, verkündete ihre Mutter. „Was ist nun?“

„Hm, es wird keine Vergnügungsreise werden. Für Disneyland haben wir keine Zeit, hast du gesagt, Mama, nicht wahr? Kein Disneyland, keine Besichtigung der Villen von Filmstars und so, stimmt's?“

Mrs Krupnik nickte, während sie in den Hörer lauschte. Schließlich blickte sie entnervt auf. „Verflixt“, sagte sie, „ich bin in der Warteschleife. Eine Tonbandstimme behauptet, alle Telefone seien im Moment besetzt und ich solle mich ein bisschen gedulden. Glaubst du das? Ich nicht. Ich bin davon überzeugt, dass sie gerade eine Kaffeepause abhalten.“

Sie hielt den Hörer in Anastasias Richtung. Man hörte eine fröhliche Melodie. „Ganz klar“, sagte Anastasia. „Die Angestellten machen es sich gerade bei einer Tasse Kaffee gemütlich. Aber das gibt mir noch eine Minute Bedenkzeit. Wenn ich nämlich tatsächlich mitkomme, werden meine Freundinnen ganz schön neidisch sein, das finde ich gut. Aber vielleicht bleibe ich doch lieber hier, um mich um Sam zu kümmern."

„Mit Sam ist alles geregelt. Wir sind nur zwei Tage weg, und Mrs Stein freut sich darauf, sich um ihn zu kümmern."

„Mal ganz realistisch gesehen, Mama: Wie groß sind die Chancen, dass in Los Angeles ein Filmagent, auf der Suche nach einem neuen Gesicht, auf mich aufmerksam wird?"

„Realistisch gesehen? Null."

Anastasia schnitt eine Grimasse. „Du bist manchmal wirklich nicht sehr aufbauend, Mama", sagte sie geknickt.

„Ich bin ehrlich, und Ehrlichkeit ist nicht immer aufbauend. Hier noch einmal die Tatsachen, Anastasia: Es wird sehr anstrengend werden, in nur zwei Tagen nach Los Angeles und zurück. Sehr interessant wird es auch nicht werden, da weder Disneyland noch die Villen von Schauspielern oder Besuche in Filmstudios auf dem Programm stehen. Andererseits würden dein Vater und ich uns freuen, wenn du uns begleiten würdest, und dein Onkel George würde es sicher auch zu schätzen wissen und ... Ja? Hallo?" Mrs Krupnik sprach wieder in den Hörer. Endlich musste jemand am anderen Ende der Leitung sein.

Anastasia schüttelte entschlossen den Kopf. „Nein", verkündete sie dann. „Ich komme nicht mit."

„Einen Moment bitte", sagte ihre Mutter in den Hörer. Sie deckte die Sprechmuschel mit der Hand ab und wandte sich erneut an ihre Tochter. „Ist das endgültig? Du kommst nicht mit?"

„Definitiv nicht. Ich bleibe hier."

Mrs Krupnik sprach wieder in den Hörer. „Ich

möchte bitte zwei Tickets bestellen für den Flug von Boston nach Los Angeles morgen früh. Rückflug am Donnerstag. Auf den Namen Myron und Katherine Krupnik."

Anastasia erhob sich von ihrem Stuhl und schlenderte zum Kühlschrank. Sie nahm den Rest eines Hähnchens heraus, zwei Essiggurken, ein paar Weintrauben, ein Stückchen Käse und eine Scheibe Toast, legte alles auf einen Teller und ging damit zum Küchentisch. Dann futterte sie alles auf, obwohl es in einer Stunde Abendessen geben würde. Sie war am Verhungern. Eine wichtige Entscheidung zu treffen, war eine Angelegenheit, bei der man einen Bärenhunger bekam, besonders wenn man erst dreizehn Jahre alt war, fand sie.

Später an diesem Abend, nachdem Sam zu Bett gebracht worden war, ging Anastasia in das Schlafzimmer ihrer Eltern, um ihnen beim Packen zuzuschauen.

„Wollt ihr den wirklichen Grund dafür wissen, warum ich nicht mitkomme?", fragte sie.

Ihr Vater polierte gerade ein Paar Schuhe, die er mitnehmen wollte. Ihre Mutter packte eine Halskette ein. Beide warfen einen fragenden Blick auf ihre Tochter, die im Türrahmen stand und herzhaft in einen Apfel biss.

„Klar", sagte ihr Vater.

„Ich habe Angst", gestand Anastasia.

„Angst vor dem Fliegen?", fragte ihre Mutter. „Das hast du kurz erwähnt. Wundert mich. Normalerweise hast du doch keine Angst vor neuen Erfahrungen."

„Nein", erklärte Anastasia, „nicht vor dem Fliegen. Ich würde echt gern einmal fliegen. Die neue Erfahrung, vor der ich Panik habe, ist ... uh, ich hasse schon das Wort ... es heißt Beerdigung."

„Aber Anastasia", sagte ihre Mutter, „du warst doch auch auf der Beerdigung deiner Großmutter, und damals warst du erst zehn Jahre alt. Ich weiß noch, dass du dich ganz großartig benommen hast, und hinterher sagtest du, dass es dir sogar gefallen habe, weil die Leute so schöne Sachen von Großmutter sagten und von dem erzählten, was sie mit ihr erlebt haben."

Anastasia biss wieder in ihren Apfel. „Stimmt", gab sie kauend zu, „aber wisst ihr, das war etwas anderes. Da ist zum einen der Altersunterschied."

„Okay, damals warst du zehn, und heute bist du dreizehn. Du bist inzwischen reifer, das sollte die Sache eigentlich leichter machen", sagte ihre Mutter.

„Ich meine das Alter der ... der verstorbenen Personen", erkärte Anastasia.

Dr. Krupnik nickte. „Das verstehe ich. Deine Großmutter war schon über neunzig, Tante Rose war ... hm, Katherine, wie alt war Rose?"

Mrs Krupnik runzelte die Stirn und überlegte angestrengt. „Fünfundfünfzig, glaube ich", sagte sie dann.

„Seht ihr?", kam es von Anastasia. „Das ist zwar auch schon alt, aber noch nicht so alt wie zweiundneunzig. Und dann ist da noch die andere Sache."

Ihre Eltern blickten fragend auf.

„Welche andere Sache?"

Anastasia wand sich innerlich. „Ich weiß nicht recht, wie man es nennt. Die Todesursache eben."

Ihre Eltern nickten. Sie blickten sehr betrübt drein.

„Großmutter ist einfach friedlich im Schlaf gestorben, erinnert ihr euch? Und das war irgendwie in

Ordnung, weil sie schon so alt und krank war. Aber Tante Rose – entschuldige, Paps, ich weiß, dass sie die Frau deines Bruders war, und ich nehme an, sie war auch ganz okay und alles, obwohl ich mich nicht an sie erinnere, weil ich sie seit einer Ewigkeit nicht mehr gesehen habe, aber ich muss sagen, dass ich die Ursache ihres Todes ziemlich anstößig finde."

„Lebensmittelvergiftung? Das ist tragisch", erwiderte ihr Vater, „anstößig würde ich es nicht nennen."

„Ich meine das andere Wort. Das, das du am Telefon zu Onkel George gesagt hast."

„Salmonellen?"

„Igitt!"

„Wieso igitt? Es ist der medizinische Ausdruck für eine bestimmte Form von Lebensmittelvergiftung."

Anastasia schnitt eine Grimasse. „Für mich hört es sich an wie ein Name. Der Name eines Verbrechers, eines Killers. Meine Tante Rose wurde von Sal Monella getötet. Klingt nach einer Schlagzeile, nach etwas, das geradezu nach einem Zeitungsartikel schreit. Wusstet ihr übrigens schon, was bei einer Reportage wichtig ist? Ein Zeitungsartikel muss schon im ersten Abschnitt auf die Fragen *Wer? Was? Wann? Wo?* und *Warum?* eingehen."

Dr. Krupnik seufzte, ehe er seine frisch polierten Schuhe in den Koffer packte. „Na schön, hier also das Wer-was-wann-wo-und-warum der Geschichte", begann er. „Deine Tante Rose starb unglückseligerweise gestern Abend nach dem Besuch eines der teuersten Restaurants von Los Angeles, wo sie den Fehler beging, etwas zu bestellen, das nicht ordnungsgemäß aufbewahrt und tiefgefroren worden war. Nebenbei bemerkt wird Onkel George vom Gericht zweifellos eine stattliche Entschädigung zugesprochen bekommen."

„Im Ernst? Onkel George wird jetzt *reich* werden?"

„Ich bin sicher, dass es ihm lieber wäre, seine Frau wieder zurückzubekommen", antwortete Mrs Krupnik. „Sehr viel Geld hatten sie zwar nicht, aber ich glaube, sie waren glücklich miteinander." Sie legte eine Bluse in den Koffer und seufzte ebenfalls. „Der arme George. Das wird eine sehr, sehr traurige Beerdigung werden, Myron", fügte sie hinzu. „Anastasia hat Recht. Ich habe volles Verständnis dafür, wenn sie hier bleiben möchte."

„Da fällt mir gerade etwas ein – da ich nicht mitkomme, täte ich vielleicht gut daran, mir den Johnny Tremain noch einmal vorzunehmen", sagte Anastasia mit finsterer Miene. „Ich könnte wetten, dass ich die Arbeit morgen verhaue."

„Das wirst du nicht", versicherte ihr ihr Vater. „Du warst in Englisch immer gut."

Anastasia ließ sich im Schneidersitz auf dem breiten Doppelbett ihrer Eltern nieder und warf den abgenagten Apfelrest treffsicher in den Abfalleimer. „Jammerschade, dass nicht *Vom Winde verweht* auf dem Lehrplan der siebten Klasse steht", seufzte sie.

Ihre Mutter, die gerade ein Nachthemd zusammenlegte, blickte kopfschüttelnd auf. „Völlig ausgeschlossen", sagte sie. „Das wäre nun wirklich etwas zu gewagt für diese Altersstufe."

„Unsinn, Mama", widersprach Anastasia. „In *Vom Winde verweht* kommt nicht eine Sexszene vor und nur einmal das Wort ‚verdammt'. Erinnert ihr euch daran, wie Rhett Butler zu Scarlett sagt ..."

„Ehrlich gesagt, Liebste, ist mir das verdammt egal",

zitierte Mrs Krupnik mit tiefer Stimme genau gleichzeitig mit Anastasia, und beide brachen in Gelächter aus.

Dr. Krupnik verzog das Gesicht und meinte angewidert: „Trivialliteratur in Reinform! Grässlich!“

„Ach Papa, es ist doch schrecklich romantisch. Ich liebe Romantik. Ich wünschte, jemand würde kommen und zu mir sagen: *Ehrlich gesagt, Liebste, ist mir das verdammt egal.* Und dieser Jemand müsste reich sein und gut aussehen und auch einen Schnurrbart haben, genau wie Clark Gable.“

Anastasia formte ihre langen Haare zu einem Pferdeschwanz und rollte sie auf ihrem Kopf zusammen. Dann ging sie auf die Knie, damit sie sich im gegenüberliegenden Spiegel sehen konnte. Mit einer Hand hielt sie ihre Hochfrisur fest, mit der anderen zog sie den Halsausschnitt ihres Pullovers über eine Schulter. „Sag mal, Mama, findest du, dass ich einen Schwanenhals habe?“, fragte sie.

Ihre Mutter warf einen kurzen Blick herüber. „Lang und dünn ist er, ja“, sagte sie. Dann ging sie zum Schrank. „Myron“, fragte sie ihren Mann, „welche Krawatten willst du mitnehmen? Du brauchst etwas Dunkles für den Gottesdienst.“

Anastasia wickelte ihren Pullover eng um die Taille und betrachtete sich von der Seite im Spiegel. „Könnte man mich als sinnlich und üppig bezeichnen?“, erkundigte sie sich.

„Um Himmels willen“, rief Anastasias Vater. „Zum Glück nicht! Ich möchte keine sinnliche, üppige dreizehnjährige Tochter haben. Meinetwegen kannst du sinnlich und üppig sein, wenn du siebenundzwanzig bist, aber bitte nicht vorher.“

Anastasia ließ sich wieder auf das Bett fallen. „Na schön", seufzte sie, „ich kenne ohnehin keinen reichen, gut aussehenden Mann mit Schnurrbart. Ich kenne nur langweilige, dumme Siebtklässler. Die Jungs aus meiner Klasse müssen sich noch nicht einmal rasieren."

Ihre Mutter ließ den Koffer zuschnappen. „So", sagte sie zufrieden. „Alles gepackt. Anastasia, wenn du morgen von der Schule kommst, wird Mrs Stein hier sein, um auf Sam aufzupassen. Sei so lieb und geh ihr ein bisschen zur Hand. Am Donnerstagabend sind wir wieder zurück."

„Es ist bereits zehn Uhr, Anastasia", meinte ihr Vater nach einem Blick auf seine Armbanduhr. „Du solltest langsam ins Bett gehen."

Anastasia entwirrte ihre langen Beine und erhob sich. Dann gab sie ihrem Vater und ihrer Mutter einen Gutenachtkuss und marschierte in Richtung Flur.

„Wundert euch nicht, wenn ihr in meinem Zimmer bis spät in die Nacht Licht seht", teilte sie ihren Eltern noch mit. „Mir bleibt wahrscheinlich nichts anderes übrig, als den *Johnny Tremain* noch mindestens drei-, viermal zu lesen. Ich weiß, wie viel euch daran liegt, dass ich eine Eins schreibe."

Die Antwort ihres Vaters kam, als Anastasia bereits die Treppe zu ihrem Dachzimmer hinaufging. *„Ehrlich gesagt, Liebste"*, rief er mit tiefer Stimme, *„ist mir das verdammt egal."*

Kichernd zog Anastasia die Zimmertür hinter sich zu. Dann warf sie sich auf ihr Bett und griff nach dem Notizbuch, in dem sie allabendlich Notizen machte, um sich auf ihre spätere Karriere als Journalistin vorzubereiten.

WER - WAS - WANN - WO - WARUM

Rose Krupnik aus Kalifornien, 55 Jahre, wurde in den frühen Morgenstunden überraschend Opfer

Es war eine dunkle, stürmische Nacht in Los Angeles, als die bislang quicklebendige Rose Krupnik, 55 Jahre alt, geliebte Ehefrau von George und Tante von

Rose Krupnik, Ehefrau des in Los Angeles lebenden Geschäftsmannes George Krupnik (Bruder des bekannten Harvard-Professors Myron), verstarb gestern infolge der düsteren Machenschaften von Sal Monella, was große Trauer in einer Bostoner Familie auslöste, zu der auch Anastasia Krupnik, 13 Jahre, angehende Journalistin, gehört.

Zwei

Die Arbeit über *Johnny Tremain* war schwer. Und Anastasia hatte sich am Vorabend natürlich nicht die Mühe gemacht, noch einmal in das Buch hineinzuschauen. Bei der Klassenarbeit beantwortete sie die Fragen, so gut sie konnte – aber ihr war klar, dass es nicht gut genug war.

Nachdem sie ihr Blatt ausgefüllt hatte, lehnte sie sich auf ihrem Stuhl zurück und starrte aus dem Fenster des Klassenzimmers. Vielleicht sollte sie später doch nicht Journalistin werden, überlegte sie, sondern Englischlehrerin. Vermutlich war es Vorschrift, in der siebten Klasse einen historischen Roman durchzunehmen – und nur deshalb stand alljährlich *Johnny Tremain* auf dem Lehrplan. Wenn *sie* Lehrerin wäre, würde sie sich beim Kultusministerium dafür einsetzen, dass *Vom Winde verweht* Pflichtlektüre würde.

Anastasia begann, Prüfungsaufgaben zu *Vom Winde verweht* zu entwerfen. Der Teil mit den Fragen, die nur eine kurze Antwort verlangten, war einfach: ‚Wie hießen Scarletts Schwestern?' und solche Sachen.

Die Interpretationsfragen waren schon schwieriger. Anastasia hatte jedoch schnell eine gute Idee:

‚Scarlett O'Hara schien Ashley für einen Softie zu halten. Stimmst du dieser Ansicht zu oder nicht? Nenne deine Gründe.'

Anastasia stimmte dieser Ansicht eher zu. Ashley

und Melanie waren *beide* irgendwie Softies. Aber sie konnte nicht recht sagen, wieso. Anastasia überlegte angestrengt. Wenn sie in der heutigen Zeit gelebt hätten, hätte Melanie bestimmt Schnürstiefel getragen. Und Ashley wäre in Sinfonie-Konzerte statt in Rock-Konzerte gegangen – genau wie Anastasias Vater, der manchmal auch ein Softie sein konnte, allerdings ein ganz lieber.

„Anastasia?“

Anastasia zuckte zusammen. Es war Mr Rafferty, der sich unbemerkt hinter sie gestellt hatte und nach ihrem Arbeitsblatt griff. Errötend händigte Anastasia es ihm aus.

„Entschuldigung“, flüsterte sie. „Ich bin schon seit einer Weile fertig, und da habe ich über andere Sachen nachgedacht.“

„Über das Gedicht, das du bis nächste Woche auswendig lernen musst, hoffe ich“, sagte Mr Rafferty.

„Keine Angst, das kann ich längst in- und auswendig.“ Sie erhob sich. „Ich muss gehen, Mr Rafferty. Ich möchte nicht zu spät zur nächsten Stunde kommen.“

Ihre Mitschüler strömten bereits zur Tür hinaus. Hastig packte Anastasia ihre Sachen zusammen und folgte ihnen. Auf dem Weg zur Turnhalle holte sie ihre Freundinnen Sonya und Meredith ein.

„Wo ist Daphne?“, erkundigte sich Anastasia. Daphne Bellingham und sie teilten sich ein Schließfach im Umkleideraum und gingen deshalb immer zusammen zum Turnen. Aber in letzter Zeit glänzte Daphne häufig durch Abwesenheit.

Meredith seufzte. „Sie ist schon wieder bei der Schulpsychologin. Arme Daph! Ich wünschte, sie hätte endlich keine Probleme mehr.“

„Ja, das wünschte ich auch", stimmte Anastasia zu. „Aber wahrscheinlich ist da ein ganzer Lastwagen nötig, um alle wegzuschaffen. Daphne hat so viele Probleme."

„Na ja", warf Sonya optimistisch ein, „zumindest bekommt sie jetzt psychologischen Beistand. Vielleicht hilft das."

„Mrs Farnsworth?", fragte Anastasia skeptisch. „Glaubst du im Ernst, dass Mrs Farnsworth Daphne helfen kann?"

Meredith und Sonya begannen zu kichern. Mrs Farnsworth war nun wirklich ein Softie. Verglichen mit ihr war Melanie aus *Vom Winde verweht* so etwas wie eine Punkerin.

Dabei hatte Daphne tatsächlich riesige Probleme. Ihre Eltern hatten sich getrennt und dachten an Scheidung. Ihr Vater, der Pastor, wohnte weiterhin im Pfarrhaus, während Daphne und ihre Mutter in eine kleine Wohnung gezogen waren. Daphnes Mutter arbeitete neuerdings als Sekretärin in einer Anwaltskanzlei.

„Erinnerst du dich an *Alice im Wunderland*? Wie Alice diesen Zaubertrank geschluckt und diesen komischen Kuchen gegessen hat, davon zunächst klein wurde und dann wieder groß? So ähnlich komme ich mir vor", hatte Daphne Anastasia erklärt. „Zuerst Familie, dann keine Familie. Zuerst ein Haus, dann kein Haus. Zuerst Geld, dann kein Geld. Jeden Tag eine neue Überraschung. Wenn ich morgens aufwache, weiß ich nie, was der Tag an neuen Überraschungen für mich bereithält."

Anastasia war nichts Tröstendes eingefallen. „Tut mir echt Leid", war alles, was sie zu Stande brachte.

Als sie nun mit ihren anderen Freundinnen zur Turnhalle eilte, erfuhr sie die neuesten Nachrichten über Daphne. „Ihr Vater hat eine Freundin, eine Lehrerin an der Sonntagsschule seiner Kirche", teilte Meredith ihr im Flüsterton mit. „Und Daphne weiß nicht, wie sie damit umgehen soll. Eigentlich findet sie sie ganz nett, aber ihre Mutter ist natürlich total negativ eingestellt. Man muss befürchten, dass sie ihr irgendwann die eigene Bibel über den Kopf schlägt und sie so womöglich umbringt."

„Und Daphne will sich natürlich nicht gegen ihre Mutter stellen", fuhr Sonya fort, „und deshalb ist sie so durcheinander."

„Hm", sagte Anastasia zweifelnd, „ich weiß nicht, was ich ihr raten würde. Ich bezweifle, dass ich einen Artikel über Daphnes Familie schreiben könnte. Die Wer-was-wann-wo-und-warum-Punkte sind zu kompliziert."

Als Ms Willoughby in der Turnhalle in ihre Pfeife blies, stellte sich Anastasia mit den anderen Mädchen in einer Reihe auf. Aber sie ließ die Schultern hängen. Was sie bedrückte, waren jedoch nicht die Probleme von Daphne – die noch bei der Schulpsychologin sein musste, denn sie war bis jetzt nicht aufgetaucht. Was Anastasia zu schaffen machte, waren die widerlichen Seile, die bedrohlich von der Decke der Turnhalle herabhingen.

Alle ihre Mitschülerinnen, selbst die mollige Sonya, schafften es, an diesen Seilen hochzuklettern. Nur sie nicht. Alles in allem war Anastasia im Sport nicht schlecht und meisterte sogar den Barren und das Pferd – aber die Seile waren ihr ein Graus.

Und Ms Willoughby hatte gerade verkündet, dass sie vor dem Basketballspiel zuerst an den Seilen hochklettern würden.

„Eigentlich finde ich Ms Willoughby echt toll“, dachte Anastasia. Sie mochte fast alles an ihrer Lehrerin: ihr Aussehen (Ms Willoughby war eine große, schlanke Schwarze), ihre Kleidung (Im Turnunterricht trug Ms Willoughby einen pinkfarbenen Trainingsanzug, außerhalb meist mehrere Lagen hochmodischer Röcke und Shirts oder Pullover, manchmal mehrere übereinander, was Anastasia absolut trendy fand). „Ich mag auch ihren Charakter“ (Ms Willoughby war witzig, fröhlich und lustig), überlegte sich Anastasia, „und ihren Namen“ (Wilhelmina Willoughby). „Aber ich hasse, hasse, HASSE ihre dummen Seile!“

Anastasia hatte sich sogar schon ernsthaft überlegt, nach Einbruch der Dunkelheit, wenn niemand mehr in der Schule war, nicht einmal der Hausmeister, in die Turnhalle zu schleichen, an den Seilen hochzuklettern und die verhassten sechs Seile abzuschneiden.

Aber leider war dieser Plan von vornherein zum Scheitern verurteilt. Erstens *konnte* Anastasia *nicht* hochklettern – deshalb hasste sie die Seile ja. Wie hätte sie sie da abschneiden können? Und selbst wenn es ihr gelingen würde, dann würde anstelle der Seile *sie* am Deckenbalken hängen, etwa eine Million Meter über der Erde.

„Sechs Reihen bilden, meine Damen!“ Ms Willoughby blies erneut in ihre Pfeife, und die Mädchen der siebten Klasse stellten sich in sechs Gruppen hintereinander auf. Kleinlaut und frustriert schlich sich

Anastasia ganz nach hinten und wartete darauf, dass das Schicksal wieder einmal zuschlug.

„Und los!" Die Pfeife ertönte erneut, und die ersten sechs Mädchen stürmten los und kletterten an den Seilen hinauf. Meredith war eine von ihnen: Flink wie ein Äffchen kletterte sie in null Komma nichts bis unters Dach und ließ sich wieder heruntergleiten.

„Das liegt bestimmt daran, dass ihre Eltern aus Dänemark stammen", dachte Anastasia missmutig.

„Die Nächsten!" Wieder rannten sechs Mädchen los und kletterten kichernd und kreischend an den Seilen empor. Anastasia rückte immer weiter vor.

„Und weiter!" Dieses Mal war Sonya dabei. „Vielleicht kann sie es gerade deshalb so gut, *weil* sie mollig ist", überlegte Anastasia – das Wort *dick* wäre ihr in Zusammenhang mit einer ihrer besten Freundinnen niemals in den Sinn gekommen – und vielleicht haben Mollige einfach mehr Kraft oder eine bessere Hebelwirkung oder so.

„Weiter!" Ms Willoughby pfiff ein letztes Mal, und Anastasia blieb nichts anderes übrig, als todesmutig auf ihren Erzfeind, das Seil, loszustürmen. Sie machte einen Sprung und packte das Seil mit beiden Händen. Sie erwischte es in einer guten Höhe, denn Anastasia gehörte nicht umsonst zu den größten Mädchen ihrer Klasse. Ihre Beine jedoch schlenkerten nach wie vor unbeholfen in der Luft.

Anastasia riskierte einen vorsichtigen Blick nach links und rechts. Die anderen Mädchen hatten ihre Beine längst geschickt um das Seil geschlungen. Ms Willoughby hatte es ihnen schon Millionen Male erklärt und gezeigt. Doch Anastasias Beine schlenkerten in der Luft. Als sie versuchte, ihre Beine um das

Seil zu schlingen, begann dieses im Kreis zu schwingen.

„Halte Anastasias Seil fest, Sonya", rief Ms Willoughby, woraufhin Sonya nach vorne rannte und tat, wie ihr geheißen worden war. Aber es nützte nichts. Anastasias Füße kickten ins Leere, und ihre Arme begannen zu schmerzen. Die anderen Mädchen rutschten bereits wieder herunter.

„Pffft!" Fast gleichzeitig kamen die Mädchen auf dem Boden auf, auch Anastasia, die keinen Millimeter an Höhe gewonnen, sondern nur hilflos in der Luft gehangen hatte. Das war ihr so peinlich, dass sie bis zu den Haarwurzeln errötete.

„Holt die Basketbälle, Mädchen!", rief Ms Willoughby. „Und du, Anastasia", fuhr sie etwas leiser fort, „komm bitte kurz zu mir."

Mit hängenden Schultern ging Anastasia zu ihrer Turnlehrerin und starrte betreten auf den Boden. Ihre Mitschülerinnen waren bereits am anderen Ende der Turnhalle, wo sie herumalberten und sich kichernd die Basketbälle zuwarfen.

„Ich schaffe es nicht", murmelte Anastasia traurig. „Ich versuche es wirklich, aber es geht einfach nicht."

Ms Willoughby legte ihr den Arm um die Schultern. „Mach dir nichts daraus", tröstete sie. „Ich weiß, dass du dich bemühst. Das ist das Wichtigste."

„Aber alle anderen können es", sagte Anastasia. Mit Schrecken stellte sie fest, dass ihr eine Träne über die Wange kullerte.

„Hab Geduld. Eines Tages wirst du über dich selbst staunen. Du wirst einen Satz machen und flink wie ein Eichhörnchen das Seil hochklettern, bis oben an die Decke."

„Glauben Sie?", schniefte Anastasia.

„Aber sicher. Ich *weiß* es sogar. Und außerdem spielst du hervorragend Basketball. Hast du Lust, in diesem Halbjahr Mannschaftskapitän zu sein?"

„Okay", willigte Anastasia ein und fühlte sich gleich ein bisschen besser.

Ms Willoughby pfiff wieder in ihre Pfeife, und Anastasia folgte ihr ans andere Ende der Turnhalle, wo die Mannschaften aufgestellt wurden.

Als Anastasia von der Schule kam, spielte Sam gerade mit Mrs Stein. Sie hatten auf dem Fußboden des Wohnzimmers einen hohen Turm aus Bauklötzen gebaut.

„Hallo, Sam", sagte Anastasia. „Hallo, Gertrude."

„Gertrustein und ich spielen *Burg umwerfen*", erklärte Sam. „Schau!" Auf seinen stämmigen Beinchen rannte er zur anderen Seite des Zimmers. „Fertig, Gertrustein?", fragte er.

„Fertig!", rief Gertrude Stein, ehe sie in Deckung ging. Anastasia machte ebenfalls einen Schritt rückwärts. Auch sie hatte mit Sam schon *Burg umwerfen* gespielt und wusste, wie gefährlich das werden konnte.

„RUMS!" Sam kam quer durch das Zimmer gesaust, und schon flogen die Bauklötze in alle Richtungen.

„Gut gemacht, Sam", lobte Gertrude. „Aber jetzt ist es Zeit, die Bauklötze wegzuräumen. Das Abendessen ist bald fertig."

„Dieses Spiel habe *ich* erfunden", sagte Anastasia, während sie sich bückte, um bei den Aufräumarbeiten behilflich zu sein. „Ich habe es erfunden, als ich drei Jahre alt war, so alt wie Sam jetzt. Ich hätte ein Patent darauf anmelden sollen. Dann wäre ich heute Millionärin."

„Und *ich* habe erfunden, wie man mit Lebensmittelfarbe blaue Milch zaubern kann", verkündete Sam. „Kann ich damit auch Millionär werden?"

Anastasia zuckte mit den Schultern. „Keine Ahnung. Was meinen Sie, Gertrude? Haben Sie auch schon einmal eine Erfindung gemacht?"

Mrs Stein überlegte. „Mit 76 Jahren auf allen vieren auf dem Boden herumkriechen und mit Bauklötzen spielen, als Mittel gegen Arthritis. Wie wäre es damit?"

„Ich glaube nicht, dass man damit ein Geschäft machen kann", antwortete Anastasia bedauernd.

WER - WAS - WANN - WO - WARUM

~~*Am heutigen Nachmittag unternahm die junge Anastasia aus Boston einen weiteren heldenhaften Versuch*~~

~~*Mit einem traurigen Lächeln gestand die 13-jährige Anastasia unserer Reporterin, dass die Kunst des Seilkletterns nicht zu ihren*~~

Anastasia Krupnik, 13 Jahre alt, erkannte am heutigen Tag, dass es vermutlich an ihrer ungenügenden Koordinationsfähigkeit in Zusammenhang mit Ungeschicklichkeit und einem Mangel an Körperbeherrschung lag, dass sie - wie üblich - nicht in der Lage war, am Seil in der Turnhalle hochzuklettern. Betrübt bestätigte ihre Trainerin, Wilhelmina Willoughby, dass die körperlichen Fähigkeiten ihrer Schülerin leider nicht dem Stand ihrer Altersgenossen entsprechen.
Infolge mangelhafter Vorbereitung und der Tatsache, dass sie Johnny Tremain nicht gründlich gelesen hatte, musste Anastasia Krupnik an diesem Tag bei einer Englischarbeit eine weitere Niederlage einstecken.

Drei

Sam war schon im Bett, und Anastasia hatte Gertrude beim Spülen geholfen. Dann, als Gertrude es sich bei ihrer Lieblingssendung vor dem Fernseher gemütlich gemacht hatte, ging Anastasia in die Garage.

Draußen war es bereits dunkel, und sie musste das Licht anmachen, ehe sie sich in der Garage umsehen konnte. Da stand das alte Auto ihrer Eltern – sie waren mit einem Taxi zum Flughafen gefahren – und dahinter der Werktisch ihres Vaters, auf dem etliche Werkzeuge und andere Geräte lagen.

Anastasia musste grinsen. Ihr Vater war ein miserabler Handwerker. Wenn er einen Nagel in die Wand schlagen wollte, landete der Hammer unweigerlich auf seinem Daumen, und falls er zufällig doch den Nagel traf, war dieser hinterher total verbogen. Bevor er den Schraubenzieher auf einer Schraube ansetzte, kniff er seine Augen hinter den Brillengläsern konzentriert zusammen, und doch traf er die Schraube nur selten.

Einmal hatten Anastasia und ihr Vater die grandiose Idee gehabt, dass Sam sich bestimmt über ein Baumhaus freuen würde. Deshalb waren sie zum nächsten Baumarkt gefahren und hatten Bretter gekauft.

Die Bretter standen noch unberührt an der Wand der Garage.

Die Schachtel mit den Nägeln lag auf der Werkbank.

Der Hammer lag daneben.

Das Bastelbuch, in dem wunderschöne Baumhäuser abgebildet waren – das Buch, das sie auf diese Idee gebracht hatte – verstaubte im Regal.

Und der Baum, auf dem das Baumhaus hätte gebaut werden sollen, stand draußen im Garten. Völlig unberührt.

Irgendwie war es Anastasia und ihrem Vater nie richtig klar geworden, wie man mit dem Bau eines Baumhauses beginnen sollte.

Anastasia blickte sich weiter um. Dort in der Ecke stand der Rasenmäher, der nur darauf wartete, bis es endlich wieder Sommer wurde. Daneben lehnte die Schneeschaufel. Anastasia sah auch die Gartenwerkzeuge ihrer Mutter sowie ein paar leere Blumentöpfe. Eine Gasflasche. Zwei Eimer Farbe – ihr Vater verkündete schon seit geraumer Zeit, demnächst den Gartenzaun neu streichen zu wollen. Sams Dreirad. Sams Planschbecken, aus dem die Luft abgelassen war. Und genau daneben lag das, wonach Anastasia gesucht hatte.

Ein dickes Seil.

Anastasia blickte nach oben. Die mit Spinnweben überzogene Decke der Garage war nicht annähernd so hoch wie die Decke der Schulturnhalle. Aber die Deckenbalken waren stabil genug, um ein Seil daran zu befestigen, und wenn sie eine gute Idee hätte, wie sie das Seil dort oben festmachen könnte, wäre die Garage ein idealer Ort zum Üben.

Anastasia war wild entschlossen, das Klettern am Seil zu lernen. Der Tag würde kommen, an dem Wilhelmina Willoughby ihr nicht mehr mitleidig, sondern voller unverhohlener Bewunderung zuschauen würde.

Im Geiste sah Anastasia das entzückte Gesicht ihrer Lehrerin mit den vorstehenden Wangenknochen und den strahlenden, dunkelbraunen Augen bereits vor sich.

„Anastasia Krupnik!", würde Ms Willoughby ausrufen. „Noch nie habe ich es erlebt, dass ein junges Mädchen so entschlossen und energisch und willensstark und (nun ja, warum nicht, schließlich war es ohnehin nur ein Traum!) talentiert im Klettern gewesen wäre wie du!"

Anastasia nahm das schwere, zusammengerollte Seil und warf einen prüfenden Blick auf den Abstand zwischen Balken und Fußboden.

Ihre Fantasie lief jetzt auf Hochtouren. Sie sah die Überschrift im Bostoner Tagblatt schon vor sich: BOSTONER GOLDMEDAILLENGEWINNERIN ZURÜCK VON DEN OLYMPISCHEN SPIELEN. In etwas kleineren Buchstaben stände darunter: GOLDMEDAILLE IM SEILKLETTERN FÜR ANASTASIA KRUPNIK. Dann ein Bild: Anastasia mit einem bescheidenen Lächeln, die schimmernde Medaille um den Hals. Die Bildunterschrift lautete: „Meinen Erfolg verdanke ich allein meiner Sportlehrerin aus der 7. Klasse, Ms Wilhelmina Willoughby." Wenn der Leser bis zum Rest des Artikels weiter hinten blätterte, würde ihm auf der Seitenmitte ein weiteres Foto entgegenprangen: Wilhelmina Willoughby, die Anastasia mit sichtlichem Stolz umarmte. Bildunterschrift: „‚Ich wusste schon immer, dass meine Lieblingsschülerin es schaffen würde!', vertraute die frühere Sportlehrerin und heutige Trainerin der berühmten Sportlerin Krupnik unserer Zeitung an."

Anastasia warf das Seil versuchsweise hoch. Es schnellte zwar fast zwei Meter hoch, plumpste dann aber wieder herunter. Kopfschüttelnd betrachtete Anastasia das schlaffe Seil auf dem Boden.

Okay. Sie konnte das Seil also nicht hochwerfen. Wer hätte das schon gekonnt? Höchstens Superman persönlich. Sie musste statt ihrer Muskeln ihren Verstand einsetzen.

Anastasia legte sich das Seil über die Schulter und kletterte auf die Motorhaube des Autos. Das Blech knackte bedrohlich. Vorsichtig richtete sie sich breitbeinig auf und hielt sich dabei vorsichtig an der Antenne fest.

Noch immer war sie meilenweit von den Deckenbalken entfernt. Das erkannte sie auf den ersten Blick.

Okay, dann also zu Punkt 3 ihres Plans. Anastasia setzte sich vorsichtig auf das Dach des Wagens und ließ ihre Beine vorne über die Windschutzscheibe baumeln. Langsam rutschte sie rückwärts über den Gepäckträger, bis sie wie Buddha persönlich mitten auf dem Autodach thronte. Sie spürte, dass das Dach etwas nachgab, und hatte die leise Befürchtung, es könne jederzeit unter ihrem Gewicht einbrechen.

„Diese billigen alten Autos", knurrte Anastasia. „Wenn wir reich wären, könnten wir uns einen BMW leisten. Der hält bestimmt alles aus."

Wieder richtete Anastasia sich langsam auf, die Füße weit auseinander gestellt, um nicht das Gleichgewicht zu verlieren. Das Seil hing noch über ihrer Schulter. Sie versuchte, die Entfernung zu den Deckenbalken abzuschätzen. Es schien machbar zu sein.

Sie entrollte das lange, raue Seil und hielt es in Wurfposition. Dann nahm sie einen Balken fest ins Visier, zielte und schleuderte das Seil mit einer einzigen Armbewegung nach oben.

Super! Es hatte geklappt! Ein Ende des Seils hing über dem anvisierten Balken, und sie musste nur noch das andere Ende, das sie in der Hand hielt, so lange hin- und herbewegen, bis das Seil langsam aber sicher herunterkam.

Plötzlich ein entsetzter Schrei. „ANASTASIA!" Das Garagentor wurde aufgerissen. „ANASTASIA! STOPP! Selbstmord ist keine Lösung!"

Überrascht wandte Anastasia den Kopf. Das Seil fiel zu Boden.

„Mist!", murmelte sie und starrte bestürzt auf das Häuflein Seil. „Oh, hallo, Daphne!"

„Bist du zu Fuß gekommen?", erkundigte sich Anastasia, als sie und Daphne in der Küche saßen und heiße Schokolade tranken, in die sie Marshmallows tunkten. „Lässt deine Mutter dich nach Einbruch der Dunkelheit noch weggehen? Würde meine nie erlauben!"

Daphne zuckte mit den Schultern. „Es sind ja nur ein paar Blocks, und ich habe ihr versprochen, in einer Stunde wieder zurück zu sein. Sie denkt, ich wollte zu Papa, deshalb ließ sie mich gehen. Sie möchte, dass ich ihn ausspioniere und ihr erzähle, was er so macht ..."

Anastasia wurde traurig. Das Haus, in dem Daphne früher gewohnt hatte und in dem ihr Vater noch immer wohnte, war gleich um die Ecke. In den guten alten Zeiten, bevor die Bellinghams sich getrennt hatten, hatten Anastasia und Daphne sich ständig gegenseitig besucht.

„Aber egal“, fuhr Daphne fort, „meine Mutter hat so schwere Depressionen, dass sie ohnehin kaum registriert, was ich den ganzen Tag über mache. Sie sagt zwar Sachen wie ‚Kämm dich mal wieder‘ oder ‚Mach deine Schularbeiten‘, genau wie alle Mütter, aber sie kontrolliert nie, ob ich auch tue, was sie mir aufträgt. Ich könnte tagelang ungekämmt durch die Gegend rennen, und sie würde nie ...“

„Bist du doch schon, Daph.“

„Was bin ich?“

„Du bist schon tagelang ungekämmt durch die Gegend gerannt. Sah ziemlich ungepflegt aus“, bemerkte Anastasia kichernd.

Daphne betastete ihren Kopf und lachte ebenfalls. „Ja, stimmt. Hab ich vergessen. Früher ist meiner Mutter so etwas aufgefallen, aber neuerdings, mit ihren Depressionen ...“

„Und dein Vater? Hat er auch Depressionen?“, fragte Anastasia. Sie dachte daran, dass ihre Eltern, wenn sie sich gestritten hatten – was manchmal vorkam – *beide* ziemlich down waren, bis sie sich dann wieder versöhnten.

Doch Daphne schüttelte den Kopf. „Nicht wirklich, er hat ja seine Freundin. Sie unterrichtet die Viertklässler in der Sonntagsschule. Ich erinnere mich, dass sie wirklich hübsche Schattenbox-Spiele über Bibelgeschichten machte. Daniel in der Löwengrube und solche Sachen, mit kleinen Plüschlöwen, und alles in einem Schuhkarton. Sie hat sich die kleine Plastikpalme aus meinem Schildkrötenaquarium ausgeliehen.“

„Wollen die beiden heiraten?“, fragte Anastasia. Sie

versuchte, sich vorzustellen, wie es wäre, wenn ihr Vater und ihre Mutter einen anderen Partner heiraten würden. Der Gedanke, dass ihr Vater eine Frau liebte, die Plastikpalmen in Schuhkartons stellte, war so abwegig, dass sie es sich nicht einmal im Traum vorstellen konnte.

„Nein, ich glaube nicht. Aber er sagt, dass er froh ist, eine Freundin zu haben, weil es ihn davor bewahrt, depressiv zu werden." Daphne hatte ihre heiße Schokolade ausgetrunken und stocherte mit dem Finger in der Tasse herum, um das letzte geschmolzene Marshmallow aufzuspießen.

„Dann wissen wir ja, was deine Mutter braucht: einen Freund."

„Ach was, sie hat doch Onkel Bill. Er kommt manchmal zum Abendessen. Und sie arbeitet bei diesem Rechtsanwalt, Mr McDonald. Und *trotzdem* ist sie depressiv. Im Ernst, Anastasia, wenn ich meine Mutter in der Garage dabei ertappen würde, wie sie ein Seil am Dachbalken befestigt, wüsste ich mit absoluter Sicherheit, dass sie nicht das Klettern üben will."

„Trotzdem, sie hat keinen Freund. Ein Onkel und ein Typ, für den sie arbeitet, zählen nicht. Sie braucht einen richtigen Freund, einen Verehrer."

„Wer braucht einen Verehrer? Ich?" Gertrude Stein kam in ihren Plüschpantoffeln in die Küche geschlurft. „Ich rieche heiße Schokolade. Kann ich ein Tässchen mittrinken?"

„Klar", sagte Anastasia. Sie goss eine weitere Tasse ein. „Wir sprechen von Daphnes Mutter. Sie hat Depressionen, weil sie in Scheidung lebt und keinen Freund hat."

„Sie sagt, sie hasst alle Männer", erklärte Daphne.

„Sie sagt auch, mein Vater sei ein scheinheiliger Lump."

„Ist er das denn?", fragte Gertrude Stein interessiert.

„Ich weiß nicht." Daphne kicherte. „Ich weiß nicht so recht, was scheinheilig bedeutet."

„Wie alt ist deine Mutter?", erkundigte sich Gertrude.

„Alt", antwortete Daphne. „Schon sechsunddreißig."

Mit einer Papierserviette wischte Gertrude sich ihren Schokoladenschnurrbart ab. Sie schmunzelte. „Aha, ich sehe ein, dass es natürlich ein großes Problem ist, für jemanden, der *so alt* ist, einen Verehrer zu finden."

„Wisst ihr was?" Anastasia war gerade etwas eingefallen. „Da sitzen wir nun, zwei 13-jährige Mädchen, und machen uns Sorgen, weil wir keinen Freund haben. Und da ist deine Mutter mit ihren sechsunddreißig Jahren, die in Depressionen versinkt, weil sie glaubt, alle Männer zu hassen, was natürlich nicht stimmt. Das Problem ist, dass sie keinen Verehrer hat. Und da ist Gertrude mit ihren sechsundsiebzig Jahren. Wie steht es mit Ihnen, Gertrude, macht es Ihnen etwas aus, dass Sie keinen Freund haben?"

„Bestimmt", meinte Daphne voreilig.

„Nein, es macht ihr nichts aus", behauptete Anastasia. „Ein Mann vom Seniorentreff hat sie einmal zum Essen ausgeführt, aber der Abend war ein totaler Reinfall, stimmt's, Gertrude?"

Mrs Stein nickte. „Stimmt. Zum einen war er Vegetarier und verbot mir, ein Steak zu bestellen. Dabei hatte ich wirklich Lust auf ein Steak. Und zum anderen war er grässlich langweilig."

„Okay, macht es Ihnen etwas aus, keinen Freund zu haben?", hakte Anastasia noch einmal nach. „Oder ist man mit sechsundsiebzig zu alt dafür?"

Gertrude rieb sich die Hände, deren Fingerknöchel wegen Arthritis knotig und geschwollen waren. „Nein", gab sie nach längerem Überlegen fast errötend zu. „Man ist noch nicht zu alt dafür. Ich hätte wirklich gerne einen Freund. Jemanden, mit dem ich ab und zu etwas unternehmen könnte, vielleicht ins Kino gehen oder so. Neulich wollte ich mir unbedingt *Titanic* ansehen, aber eben nicht allein."

„Na also", sagte Anastasia zufrieden. „Siehst du, Daphne. Obwohl wir altersmäßig so verschieden sind, finden wir es alle nicht schön, keinen Freund zu haben. Es gibt vermutlich nur eine kurze, rasch verfliegende Zeit im Leben, in der man dieses Problem nicht hat – das ist die Zeit, wenn man erwachsen, aber noch jung ist, gut aussieht und interessant wirkt, nämlich wenn man ... nun ja, etwa so alt ist wie Ms Willoughby zum Beispiel."

„Unsere Sportlehrerin?", fragte Daphne überrascht. „*Unsere* Ms Willoughby?"

Anastasia nickte. „Genau, Wilhelmina Willoughby", sagte sie verträumt.

„Das ist unsere Sportlehrerin in der Schule", erklärte Daphne Gertrude Stein. „Anastasia schwärmt für sie."

„Tue ich *nicht*!", widersprach Anastasia vehement. „Aber im Ernst, wäre es nicht herrlich, wenn wir alle groß und schlank und dunkelhäutig wären, wenn wir hohe Wangenknochen und einen Bürstenhaarschnitt und wunderschön geformte Ohren, wenn wir Talent fürs Seilklettern und eine legere Garderobe hätten? *Dann* bräuchten wir uns keine Gedanken zu machen, warum wir keinen Freund haben. Dann würde ständig das Telefon läuten, und reiche, gut aussehende Männer mit Schnurrbart würden uns zu einem tollen Abendessen einladen ..."

„Aber Anastasia", unterbrach Daphne sie, „Ms Willoughby hat keinen Freund. Das weiß ich ganz genau. Wir hatten neulich ein Gespräch unter vier Augen, Ms Willoughby und ich, weil ich so häufig den Sportunterricht geschwänzt hatte, und irgendwie sind wir auf den Frust des Lebens zu sprechen gekommen. Die Willoughby sagte, sie fände es frustrierend, keinen Freund zu haben. Sie versteht nicht, wo sich all die interessanten Männer verstecken."

Anastasia blickte Daphne mit großen Augen an. „Ms Willoughby? *Unsere* Ms Wilhelmina Willoughby", rief sie überrascht, „hat keinen Freund? Bist du dir ganz sicher?"

Daphne nickte.

„Mist", sagte Anastasia.

WER - WAS - WANN - WO - WARUM

Die ermittelnde Reporterin Anastasia Krupnik, 13, erklärte gestern, dass ihre ausführlichen Nachforschungen zum Thema „Liebespaare" zu dem Ergebnis führten

„Wo stecken bloß die Männer?", fragte sich Anastasia Krupnik neulich nach einer Reihe von Klagen aus dem Munde von Frauen unterschiedlichster Altersstufen

Die Journalistin und Spitzensportlerin Anastasia Krupnik, 13, musste kürzlich überrascht feststellen, dass sie zu viel Zeit mit Seilklettern verbracht hatte und sich daher nicht auf die spannende Herausforderung einlassen konnte, passende Junggesellen für einsame Frauenherzen zu finden. Zu diesen Frauen zählen ihre Nachbarin Gertrude Stein, 76, die zuweilen als Babysitterin im Krupnik'schen Hause tätig ist, die Anwaltssekretärin Caroline Bellingham sowie die wunderschöne Sportlehrerin am hiesigen Gymnasium, Ms Wilhelmina Willoughby, für die die angehende Journalistin A. Krupnik im Übrigen in keinster Weise schwärmt.

Vier

Langsam und in Gedanken versunken ging Anastasia am Donnerstagnachmittag nach Hause. Sie freute sich, dass ihre Eltern heute Abend heimkommen würden – sie und Mrs Stein wollten zu diesem Anlass ein besonders leckeres Abendessen kochen –, aber das war auch schon das einzig Positive am heutigen Tag.

Sie hatten die Arbeit über *Johnny Tremain* zurückbekommen und Anastasia hatte nur eine Drei. Normalerweise schrieb sie immer Einser, weshalb eine Drei echt enttäuschend war. Mr Rafferty hatte sie am Ende der Stunde darauf angesprochen. Aber da gab es nichts zu besprechen. *Johnny Tremain* lag ihr einfach nicht, und deshalb hatte sie den Roman nur kurz überflogen und während der Klassenarbeit die meiste Zeit an *Vom Winde verweht* gedacht.

Anastasia hatte versucht, es Mr Rafferty zu erklären. „Ich fände es besser, wenn wir stattdessen *Vom Winde verweht* durchgenommen hätten", teilte sie ihm mit. „Zumindest die Mädchen. Die Jungs können den *Johnny Tremain* meinetwegen lesen."

Mr Rafferty schien etwas verblüfft. Er war ein älterer Herr um die sechzig und schon grauhaarig. Das einzig Interessante an ihm war sein farbloser Nagellack. Zumindest nahm Anastasia an, dass seine Fingernägel lackiert waren. Vielleicht schimmerten sie aber auch von Natur aus, doch das glaubte sie eigentlich nicht. Sie stellte ihn sich vor, wie er daheim am späten Abend die nächste Englischarbeit für die Siebtklässler vorbereitete – Sätze mit falsch platzierten Ortsadverbien oder Ähnliches – und sich nebenher die Fingernägel lackierte, ab und zu die Hände hochhielt, um zu prüfen, wie sie aussahen, und den Lack anpustete, damit er schneller trocknete. Diese Vorstellung fand Anastasia ausgesprochen komisch.

„*Vom Winde verweht*?", wiederholte Mr Rafferty verblüfft. „Aber Anastasia, in diesem Buch sind einige ... nun, einige sehr unpassende ..."

„Sexszenen?", fragte sie. „Nicht wirklich. Zumindest nicht direkt."

Mr Rafferty begann, nervös mit den Papieren auf seinem Pult zu rascheln, und Anastasia wurde klar, dass sie sich soeben einen Schnitzer geleistet hatte. Wie konnte sie einem alten Mann gegenüber das Wort „Sex" in den Mund nehmen? Doch da es nun nicht mehr rückgängig zu machen war, blieb ihr nichts anderes übrig, als ihre Meinung durch Details zu untermauern.

Sie bemühte sich, so taktvoll wie möglich vorzugehen. „Als Rhett Scarlett die Treppe hinaufträgt –", sagte sie, „ins Schlafzimmer – verrät das Buch mit keinem Wort, was passiert, wenn sich die Tür hinter den beiden schließt. Wer weiß, vielleicht haben sie Scrabble gespielt." (Insgeheim war Anastasia fest davon überzeugt, dass Rhett und Scarlett nie im Leben Scrabble gespielt hatten. Ashley und Melanie, die ja, die Softies.)

„Oh", stotterte Mr Rafferty, „ah, ich ... nun, was ich damit sagen will, ist ..."

Anastasia seufzte. Sie konnte sich wohl den Gedanken aus dem Kopf schlagen, dass Mr Rafferty jemals mit den Siebtklässlern *Vom Winde verweht* lesen würde.

„Darf ich die Arbeit über *Johnny Tremain* wiederholen?", fragte sie. „Ich weiß, dass ich beim nächsten Mal besser abschneiden werde."

Mr Rafferty schien froh über den Themawechsel und setzte einen Nachprüfungstermin für Anastasia und die Schüler fest, die schlechter als sonst abgeschnitten hatten.

„Was ist mit deinem Gedicht, Anastasia?", erkundigte er sich anschließend. „Kannst du es schon auswendig? Am Montag beginnen wir mit den Proben. Vergiss nicht, dass die Besucher am Mittwoch kommen."

„Kein Problem", versicherte Anastasia ihm. Mr Rafferty war ein unverbesserlicher Pessimist.

Auf dem Heimweg machte Anastasia ein finsteres Gesicht, denn ihr war klar geworden, dass sie sich den *Johnny Tremain* nun noch einmal vornehmen musste. Dabei hatte sie heute Abend doch Klettern üben wollen, vorausgesetzt, ihr Vater würde ihr helfen, das dämliche Seil an der Garagendecke zu befestigen.

Außerdem hatte der Tag einen weiteren Tiefpunkt gehabt: Turnen. Und wieder Seilklettern. Wieder hatte sie sich bis auf die Knochen blamiert. Wieder hatte Ms Willoughby sie mitleidig und mitfühlend beobachtet.

Anastasia fand, dass es nichts Schlimmeres auf der Welt gab, als sich in Sportklamotten zu blamieren. Sich zu blamieren war an sich schon schlimm genug. Sportklamotten tragen zu müssen war auch schon schrecklich. Sich aber zu blamieren, wenn man einen blauen Turndress mit eng anliegenden Beinen trug – und das vor Wilhelmina Willoughby, der Person, die Anastasia am meisten auf der Welt verehrte –, dies war ganz zweifellos das Allerschlimmste, was einem im Leben passieren konnte.

Anastasia schleppte sich die Stufen zur Küchentür hinauf und wünschte sich, ihre Mutter wäre bereits aus Los Angeles zurück. Klar, sie mochte Gertrude Stein. Aber mit ihr konnte sie nicht all ihre Alltagsprobleme besprechen wie mit ihrer Mutter.

Und Sam hatte noch keine Ahnung von solchen Dingen. Er erzählte ihr zwar oft von *seinen* Problemen, aber das waren eher Sachen wie: „Ich konnte heute Morgen im Kindergarten nicht mit dem Feuerwehrauto spielen, weil Timmy und Jason es nie aus den Fingern ließen."

Echt ein Riesenproblem!

Gertrude stand schon am Herd, als Anastasia in die Küche kam. Es roch wahnsinnig lecker.

„Ich habe zum Nachtisch einen Apfelkuchen gebacken", verkündete Gertrude. „Hilfst du mir beim Braten und beim Salat?"

„Ich habe den Kuchenteig ausgerollt", rief Sam stolz, während er vom Küchenboden aufschaute, wo er seine Matchbox-Autos aufgebaut hatte. „Und ich habe auch Zimt über die Äpfel gestreut. Ich wollte auch noch Salz und Pfeffer nehmen, aber Gertrustein hat gesagt: ‚Kommt nicht in Frage.'"

Anastasia stieg über Sams Autoschlange und inspizierte den Inhalt des Kühlschranks. „Um wie viel Uhr kommen Mama und Papa zurück?", fragte sie.

„Ihr Flieger landet um fünf, und sie dürften folglich

gegen sechs Uhr hier sein. Sie riefen kurz vor Mittag an, bevor sie in Kalifornien losflogen. Und rate mal ..."

Sam fiel Gertrude ins Wort. „Ich mache gerade eine Beerdigung", verkündete er. „Meine Autos hier fahren alle zum Riedhof. Rrrrrrr." Er kroch über den Fußboden und schob ein Auto nach dem anderen ein Stück vorwärts.

„Friedhof", korrigierte Anastasia.

„Richtig, hab ich doch gesagt", antwortete Sam. „Und wenn sie beim Riedhof sind, hält die ganze Parade an, so ..." Er ließ seine Autoschlange vor der Waschmaschine anhalten. „So, hier ist der Riedhof. Und jetzt nehmen sie Tante Rose ..." Sam griff nach einem kleinen Playmobilmännchen. „Das ist Tante Rose", erklärte er. „Und jetzt wird sie begraben, wie eine Tulpenzwiebel."

Sam legte das Püppchen auf den Küchenboden, deckte es mit einer Papierserviette zu und strich zärtlich darüber. „Tschüss, tote Tante Rose", sagte er leise.

„Sam!", rief Anastasia entsetzt. „Das darf man nicht!"

Sam blickte erstaunt auf. „Wieso?", wollte er wissen. „Mama hat gesagt, das darf man. Mama hat gesagt, das ist genau wie bei den Bäumen und Blumen und Käfern."

„Ach so", sagte Anastasia. Ihr fiel kein Gegenargument ein. „Ach, so ist das", wiederholte sie schließlich.

Sam wickelte das Püppchen in die Papierserviette und begann, seine Autos einzusammeln. „So", kündigte er an, „jetzt mache ich die nächste Beerdigung. Durch den Flur bis in Papas Arbeitszimmer. Diesmal werde ich Tante Rose unter Papas Schreibtisch beerdigen."

Anastasia und Gertrude schauten ihm zu, wie er mit einem Arm voller Matchbox-Autos zur Küchentür hinausmarschierte.

„Was wollten Sie sagen, ehe Sam uns unterbrach?“, fragte Anastasia.

Mrs Stein musste kurz überlegen. „Ach so, richtig“, begann sie dann, „deine Eltern sagten, sie würden Onkel George mitbringen. Er bleibt für ein paar Tage zu Besuch.“ Gertrude blickte in Richtung Flur, wo Sam seine Autos gerade zu einem neuen Beerdigungszug aufstellte. „Hoffentlich hat Sam genug von Beerdigungen, bis sie eintreffen“, meinte sie besorgt.

Anastasia hörte ein Taxi vor dem Haus anhalten. Sam war schon oben in der Badewanne. Er plantschte und unterhielt sich mit Mrs Stein.

Anastasia lief zum Fenster. Sie sah, wie der Taxifahrer mehrere Koffer aus dem Gepäckraum holte. Und sie sah, wie ihr Vater sein Portmonee aus der Hosentasche holte und wie ihre Mutter sich zu ihm beugte, um ihm etwas ins Ohr zu flüstern.

Anastasia wusste, was sie flüsterte. „Vergiss das Trinkgeld nicht, Myron.“

Dann sah Anastasia einen hoch gewachsenen Mann auf der anderen Seite des Taxis aussteigen. Das musste Onkel George sein!

Schnell rannte Anastasia ins Arbeitszimmer, um sicherzugehen, dass sämtliche Beweisstücke von Sams Beerdigungen verschwunden waren. Das Playmobilmännchen alias Tante Rose lag zum Glück wieder in der Spielzeugkiste, und die Matchbox-Autos standen an ihrem Stammplatz auf dem Fenstersims in Sams Zimmer.

Dem Himmel sei Dank!

„Anastasia? Hallo, Große, wir sind wieder da!" Das war die Stimme ihrer Mutter. Anastasia rannte zur Haustür und begrüßte ihre Eltern.

„Hier riecht es ja schon sehr viel versprechend", sagte ihr Vater, während er seinen Mantel auszog. „Schön, wieder daheim zu sein. Anastasia, erinnerst du dich noch an meinen Bruder? Das ist dein Onkel George."

Anastasia drehte sich um, um ihrem Onkel die Hand zu geben und den Satz zu sagen, den sie im Geiste zurechtgelegt hatte.

„Wie schön, dass du mitgekommen bist, Onkel George", begann sie höflich. „Die Sache mit Tante Ro..."

Mit einem Mal verstummte sie. Und starrte ihn an. Sie wollte ihren Augen nicht trauen.

„Manno...", murmelte Anastasia. Dann hatte sie sich wieder im Griff. „Die Sache mit Tante Rose tut mir wirklich sehr Leid", sagte sie von neuem, da ihr dieser Satz beim ersten Versuch nicht nahtlos über die Lippen gekommen war.

„Danke", antwortete Onkel George und lächelte Anastasia traurig an. Dann wandte er sich zur Garderobe, um seinen Mantel aufzuhängen. Anastasia konnte ihren Blick nicht von ihm wenden. War das wirklich Onkel George? Als sie ihn das letzte Mal gesehen hatte, war sie erst zwei Jahre alt gewesen, und sie erinnerte sich nicht mehr an ihn. Ob ihre Eltern ihr einen Streich spielen wollten? Das Gespräch über Rhett Butler lag noch nicht lange zurück.

Ob sie Rhett Butler mitgebracht hatten, um ihr eine Freude zu machen?

„Was für ein dummer Gedanke“, tadelte sie sich gleich darauf. „Rhett Butler ist nur eine Romanfigur.“

Aber wer weiß? Vielleicht waren sie aus Kalifornien mit Clark Gable zurückgekommen?

Dieser Gedanke war noch dümmer. Clark Gable war seit Jahren tot.

Es *musste* Onkel George sein, keine Frage. Aber er sah fast haargenau wie Clark Gable aus.

„Er ist groß“, dachte Anastasia.

„Er sieht gut aus.“

„Er hat einen Schnurrbart.“

Er ist – glaubte Anastasia von ihren Eltern gehört zu haben – bald sehr reich.

Und er ist – okay, es schickte sich vielleicht nicht, diesen Gedanken zu haben, da Tante Rose erst vor so kurzer Zeit von Sal Monella dahingerafft worden war, aber schließlich war es eine Tatsache – er ist Witwer und somit frei und ungebunden.

Anastasia fielen auf Anhieb mehrere Frauen ein, die garantiert begeistert wären, ihn kennen zu lernen.

WER - WAS - WANN - WO - WARUM

Der erst kürzlich verwitwete, gut aussehende und wohlhabende Geschäftsmann George Krupnik brachte frischen Wind in einen Bostoner Vorort, als er

Der vermögende Schnurrbartträger George Krupnik, seines Zeichens begehrter Junggeselle mit einer verblüffenden Ähnlichkeit mit Clark Gable, traf am heutigen Tag seine hübsche junge Nichte Anastasia, die spontan beschloss

Der von der Westküste angereiste Witwer George Krupnik war entzückt zu hören, dass seine attraktive und sportliche Nichte Anastasia plante, ihm etliche interessante Vertreterinnen der Bostoner Damenwelt vorzustellen.

Fünf

„Anastasia", flüsterte Gertrude Stein unter der Hintertür des Krupnik'schen Hauses, während sie ihre Strickweste zuknöpfte, ehe sie sich auf den Weg in ihr Haus nebenan machte, „ich bin zu einer edlen Geste bereit. Ich verzichte großherzig auf eventuell bestehende Vorrechte."

„Im Ernst?", flüsterte Anastasia zurück. „Ich wollte Ihnen wirklich den Vortritt lassen. Ich könnte beim Abendessen ganz beiläufig erwähnen, dass er Ihnen gefällt."

Gertrude hatte Mühe, ein Schmunzeln zu unterdrücken. „Wo ist meine Handtasche? Ah, dort – auf dem Tisch. Bringst du sie mir bitte?" Sie nahm ihren kleinen Koffer und wandte sich zum Gehen. „Er gefällt mir wirklich", sagte sie. „Ein sehr charmanter Mann. Und du hast Recht – er sieht wirklich wie Clark Gable aus, aber ich fürchte, er ist zu jung für mich, Anastasia."

Gertrude kontrollierte, ob sie alles eingepackt hatte. „Zahnbürste, Nachthemd, Hausschuhe, ich glaube, ich habe alles. Gute Nacht, Anastasia. Sag deiner Mutter bitte, ich komme morgen auf einen Sprung vorbei."

Sie küsste Anastasia auf die Wange, ehe sie die Stufen hinunter und über den Rasen zu ihrem Haus hinüber ging. Anastasia blickte ihr nach. Weil Gertrude Arthritis hatte und ihre Augen nicht mehr so gut waren wie früher, ging sie sehr vorsichtig und langsam. Ihr Rücken war etwas krumm, und ihre dünnen Haare waren grau. Aber sie gehörte zu den Menschen, die Anastasia in ihr Herz geschlossen hatte, und deshalb wünschte sie sich, Gertrude hätte ein schöneres und weniger einsames Leben.

„Gertrude!", rief sie mit gesenkter Stimme durch den Garten.

Mrs Stein blieb stehen und blickte zurück. „Was ist?"

„In der *Cosmopolitan* stand neulich, es wäre nicht nur in Ordnung, sondern manchmal geradezu wünschenswert", rief Anastasia leise und hoffte, dass ihre Eltern, die mit Onkel George im Wohnzimmer saßen, nichts mitbekamen.

„Was ist okay? Ich habe nicht richtig verstanden!" Gertrude hielt sich eine Hand ans Ohr.

Anastasia rannte die Stufen hinunter zu ihr hin. „Ältere Frauen und jüngere Männer", erklärte sie Gertrude. Sie war ganz außer Atem. „In der *Cosmopolitan* stand, dass es manchmal die ideale Kombination ist, und man solle sich nicht zurückhalten, nur aus Angst vor dem, was die Leute denken könnten. Es stimmt *nicht* immer, dass jüngere Männer nur einen Mutterersatz suchen."

Gertrude lachte. „Alles klar", sagte sie. „Ich werde daran denken. Und falls ich einen jüngeren Mann finde – vielleicht einen mit dreiundsiebzig –, werde ich mich garantiert nicht abhalten lassen, nur weil die Leute schlecht von mir denken könnten. Aber ich glaube nicht, dass dein Onkel George der Richtige für mich ist. Und es ist auch noch etwas zu früh für ihn.

Gib ihm etwas Zeit, Anastasia. Seine Frau ist doch erst seit vier Tagen tot."

„Stimmt, Sie haben Recht", musste Anastasia kleinlaut zugeben.

„Aber trotzdem vielen Dank", fuhr Gertrude fort, während sie sich wieder zum Gehen anschickte. „Lieb von dir, dass du an mich gedacht hast."

Anastasia ließ sich Gertrudes Worte noch einmal durch den Kopf gehen, während sie zur Hintertür zurückschlenderte. Sie begriff, dass Gertrude Recht hatte. Es war noch zu früh. Heute war erst Donnerstag. Sie würde Onkel George noch ein paar Tage Zeit lassen.

„So! Geschafft!", rief Myron Krupnik. „Zieh!"

Anastasia und ihre Mutter standen unter dem Garagentor und blickten gespannt nach oben. Es war Freitagnachmittag. Onkel George balancierte ganz oben auf einer ausziehbaren Leiter und hatte einen Arm um den Deckenbalken geschlungen, während er das dicke Seil verknotete. Unter ihm stand Anastasias Vater, der das andere Ende des Seils festhielt und Anweisungen nach oben rief.

„Ist das Seil auch wirklich sicher verknotet?", fragte Mrs Krupnik besorgt. „Vergesst nicht, dass Sam einmal aus einem Fenster im ersten Stock gefallen ist. Noch einen Schädelbruch in der Familie verkrafte ich nicht. Die Garage ist ganz schön hoch."

„Nicht annähernd so hoch wie unsere Turnhalle", kommentierte Anastasia. „Außerdem komme ich ohnehin nie höher als einen halben Meter. Ich glaube nicht, dass man sich da einen Schädelbruch holen kann."

„Keine Bange. Das Seil hält bombensicher“, rief Onkel George von der Leiter herab. Er zog heftig am Seil. „Schaut! Daran könnte ein Elefant hinaufklettern.“

„Ein Elefant kann nicht seilklettern“, rief Sam, der inzwischen ebenfalls unter dem Garagentor aufgetaucht war. „Vielleicht eine Schlange oder ein Affe, aber bestimmt kein Elefant.“

George lachte und stieg die Leiter herunter, die Anastasias Vater festhielt. „Woher kommst du denn plötzlich, Sam?“, fragte er. „Du hättest mich vorhin sehen sollen. Ich habe Kunststückchen gemacht wie ein Akrobat.“

Sam schien wenig beeindruckt. Er setzte sich auf den Garagenboden, zog einen seiner Turnschuhe aus und drehte ihn um. Sand rieselte auf den Boden. „Ich war im Sandkasten“, erklärte er seinem Onkel. „Mein Sandkasten war der Riedhof. Da, schau!“ Sam wühlte in seiner Hosentasche und zog sein Playmobilmännchen heraus. „Das ist die arme ...“

Anastasia unterbrach ihn hastig. „Vielen Dank, Onkel George. Danke, Paps. Jetzt kann ich üben. Vielleicht bekomme ich doch noch eine einigermaßen passable Note in Sport, wenn ich endlich den Dreh raushabe und seilklettern kann.“

„Wir mussten früher in der Schule auch seilklettern“, sagte Mrs Krupnik. „Ob ich es wohl noch kann?“

Nach einem prüfenden Blick auf das Seil stellte sie den leeren Blumentopf, den sie in den Händen hielt, entschlossen auf den Boden und machte einen Sprung. Es war das Erstaunlichste, was Anastasia seit langem gesehen hatte: Ihre Mutter hing plötzlich am

Seil, schlang die Beine darum – genau wie Ms Willoughby es vorgemacht hatte, haargenau so, wie Anastasia es nicht konnte – und kletterte auch schon wieselflink bis an die Decke.

„Der Aufstieg der Frau", rief Anastasias Vater bewundernd. „Wäre ein großartiger Buchtitel."

Katherine Krupnik ließ sich wieder am Seil heruntergleiten. „Na, was sagt ihr?", fragte sie keuchend und blickte Beifall heischend in die Runde. „Bin ich nun eine tolle Sportlerin oder nicht?"

Anastasia brachte kein Wort hervor. Doch das fiel niemandem auf.

„Jetzt bin ich an der Reihe!", rief ihr Vater. Und schon hing auch er am Seil und kletterte bis zur Decke hinauf – und das in höchstens zwei Sekunden. Da er so groß war, hatte er keinen weiten Weg zurückzulegen. Nachdem er wieder sicher auf der Erde gelandet war, zog er seine Pfeife aus der Tasche. „Das Pfeiferauchen scheint ein wahrer Jungbrunnen zu sein", sagte er lachend. „Und wie steht's mit dir, George? Du warst doch früher mal bei der Marine!"

Onkel George holte tief Luft, rieb sich die Hände, fixierte das Seil und machte einen Satz. Im Handumdrehen war auch er oben an der Decke und ebenso rasch wieder auf dem Boden.

Anastasia hatte noch immer nichts gesagt.

„Und jetzt ich!", rief Sam. Er legte das Playmobilmännchen auf den Boden und streckte seine Ärmchen aus. „Ich will auch!"

Mrs Krupnik hob Sam hoch, damit er sich am Seil festhalten konnte.

„So", dachte Anastasia bestürzt, „das wär's dann. Zuerst klettert meine 38-jährige, unsportliche Mutter das Seil hoch, dann mein unsportlicher, leicht übergewichtiger, tabaksüchtiger 48-jähriger Vater, schließlich mein bestimmt über fünfzig Jahre alter Onkel, der vor kurzem einen schweren Schicksalsschlag erlitten hat. Wenn es mein dreijähriger Bruder nun ebenfalls schafft, werde ich auswandern. Ich werde meinen Namen ändern, irgendwo in Afrika in einem Leprakrankenhaus arbeiten und nie, nie mehr zurückkehren."

Doch Sam baumelte nur eine Weile am Seil, ehe er „Hilfe!" rief. Mrs Krupnik hob ihn wieder herunter.

Dem Himmel sei Dank!

Später, als die anderen längst wieder anderweitig beschäftigt waren, schlich Anastasia in die Garage zurück. Leise schloss sie das Garagentor, damit ihr niemand zusehen konnte. Und dann begann sie mit dem Üben.

Sie übte.

Und übte.

„Manchmal wünsche ich Sam dorthin, wo der Pfeffer wächst", sagte eine schlecht gelaunte Anastasia nach dem Abendessen zu ihrer Mutter. „Manchmal wünsche ich, er wäre nie geboren worden."

Die beiden waren gerade beim Abwaschen. „Nun ja", antwortete ihre Mutter fröhlich. „Das verstehe ich. Er ist bisweilen schon eine kleine Nervensäge."

Verflixt. Verärgert nahm Anastasia mit ihrem Geschirrtuch einen frisch gespülten Topf in Angriff. Sie hatte gehofft, ihre Mutter würde ihr widersprechen. Dann hätte sie ihr in allen Einzelheiten erklären können, was für eine Nervensäge Sam manchmal war. Wenn ihre Mutter ihr aber sofort Recht gab, dann konnte Anastasia nicht mit ihr streiten. Wie sollte sie jetzt ihre schlechte Laune loswerden?

„Weißt du was?", fuhr ihre Mutter fort. „George ist zehn Jahre älter als dein Vater. Sie haben also denselben Altersunterschied wie du und Sam. Auf dem Rückflug von Kalifornien redeten die beiden über alte Zeiten. Und George sagte so ziemlich dasselbe: Ihm ging dein Vater manchmal auch auf die Nerven, als er noch klein war. Dann wünschte er sich immer, dein Vater wäre nie geboren worden."

„Im Ernst?" Anastasia bückte sich, um den abgetrockneten Topf in den Schrank zu stellen. „Ich kann mir nicht vorstellen, dass Papa eine Nervensäge sein kann, nicht einmal, als er noch klein war."

Ihre Mutter lachte. „George sagte wörtlich: ‚Myron, du warst ein grässlicher kleiner Angeber.' Dein Vater hat offenbar immer versucht, sich in den Mittelpunkt der allgemeinen Aufmerksamkeit zu stellen. Kein Wunder! Du weißt ja, dass er der jüngste von fünf Jungen war. Vermutlich wäre er in der Masse untergegangen, wenn er sich nicht als grässlicher kleiner Angeber aufgespielt hätte."

„Irgendwie ist Sam auch ein kleiner Angeber, und er hat nicht einmal eine Entschuldigung dafür. Er ist der einzige Junge. Und er bekommt mehr als genug Aufmerksamkeit von allen Seiten."

Mrs Krupnik stellte den letzten Teller ab und lehnte sich an den Küchentisch. „Hast du das Gefühl, dass wir dir nicht genügend Aufmerksamkeit schenken, Anastasia? Okay, es ging etwas hektisch zu in den letzten Tagen, mit Roses Tod und allem ..."

Anastasia nahm sich einen Stuhl und setzte sich. „Nein, das ist es nicht. Es ist das blöde Seil. Ich bin sauer, weil ich nicht seilklettern kann. Als du hinaufgeklettert bist, war ich unheimlich neidisch. Und so geht es mir, wenn ich die anderen Mädchen in meiner Klasse beim Klettern beobachte, auch wenn sie meine besten Freundinnen sind."

Mrs Krupnik streckte die Hand aus und strich Anastasia über die Haare. „Ich glaube, du bekommst das Klettern in den Griff, wenn du etwas übst. Ich wette, dass es eines schönes Nachmittags, wenn du am wenigsten damit rechnest, plötzlich klappt. Du wirst auf einmal unter der Decke der Garage hängen und über dich selbst staunen."

Anastasia grinste. „Genau das sagt Ms Willoughby auch immer."

„Wer ist Ms Willoughby? Deine Sportlehrerin?"

„Ja." Anastasia wunderte sich, warum sie plötzlich so verlegen war, und das vor ihrer Mutter, die sie seit ihrer Geburt kannte. Sie hätte ihr zu gerne etwas anvertraut, aber eine ungewohnte Schüchternheit hielt sie davon ab.

Plötzlich kam sie auf die Idee, dass die Teller im Schrank neu geordnet werden müssten, weshalb sie sie nervös umzustellen begann. Sie räumte zunächst die Tassen von einem Fach ins nächste; dann rückte sie die Teller an eine andere Stelle.

„Mama", begann Anastasia, „wir haben ein Mädchen in der Klasse, und rate mal was? Es ist echt komisch ..."

„Was?", fragte ihre Mutter, weil Anastasia plötzlich verstummt war.

Anastasia wandte den Kopf. „Na ja, dieses Mädchen ist so alt wie ich."

„Und? Was ist mit ihr? Kenne ich sie?"

Anastasia drehte den Kopf wieder weg. „Nein", sagte sie, „du kennst sie nicht. Ganz bestimmt nicht. Du kennst nicht einmal ihren Namen." Hastig nahm sie die beiden obersten Teller vom Stapel und rückte eine Suppenschüssel an ihre Stelle.

„Aha. Also, was ist mit ihr? Wolltest du mir nicht etwas über sie erzählen?"

Anastasia wandte erneut den Kopf. „Es ist echt verrückt. Dieses Mädchen, das du nicht einmal vom Namen her kennst, nun, ... ich glaube, sie ist in eine unserer Lehrerinnen verknallt." Hastig stellte Anastasia die Zuckerdose und eine Teetasse um.

„Was ist daran verrückt? Von Papas Studentinnen sind viele in ihn verknallt. Ich finde das ziemlich normal."

„Aber es geht doch um eine *Lehrerin*!", rief Anastasia empört. „*Das* ist doch verrückt, oder?"

„Ach so", sagte Mrs Krupnik. „Ich verstehe." Sie stand auf und ging zu Anastasia. Anastasia hatte ihrer Mutter den Rücken zugewandt, sie aber kommen hören. Gleich darauf spürte sie die Arme ihrer Mutter auf ihren Schultern.

„Das ist kein bisschen verrückt", meinte Mrs Krupnik leise. „Sag deiner Freundin, dass das völlig normal ist. Ich kenne mich auf diesem Gebiet aus."

„Du?", rief Anastasia ungläubig und blickte auf. „Wieso denn das?"

„Nun, weil ich, als ich so alt war wie du – und dieses Mädchen, von dem du sprichst –, dreizehn, auch fürchterlich in meine Klavierlehrerin verknallt war. Sie hieß Miss Hermione Fitzpatrick."

„Hermione?"

„Nun, für ihren Namen konnte sie nichts. Ich verehrte sie trotzdem. Sie war jung und wunderschön und eine ausgezeichnete Musikerin und – hm, wie soll ich es ausdrücken? Ich war richtiggehend verliebt in sie. Ich stellte mir sogar vor, wie es wäre, wenn ich später mit ihr zusammenleben würde."

„Im Ernst? Was geschah dann?"

Anastasias Mutter zuckte mit den Schultern. „Nichts. Ich wurde älter. Irgendwann fand ich die Klavierstunden langweilig. Und Hermione Fitzpatrick heiratete einen Oboespieler. Ich habe seit Jahren nicht mehr an sie gedacht."

„Hatte diese Geschichte negative Auswirkungen auf dich? Irgendwelche Spätfolgen?"

„Anastasia", rief ihre Mutter theatralisch. „Schau mich an!" Mrs Krupnik stolzierte durch die Küche und stellte sich dann wie ein Fotomodell in Pose. „Aus mir ist doch etwas Ansehnliches geworden, oder etwa nicht?"

Anastasia betrachtete ihre Mutter, die ihre alten Jeans mit dem Farbkleckser auf einem Knie trug. An den Füßen hatte sie Turnschuhe, und darüber sah man einen gelben und einen weißen Strumpf hervorblitzen. Auf ihrem Sweatshirt stand: *Nachdem Gott die Welt erschaffen hatte, brauchte sie erst mal eine Pause.* Die Haare hatte sie zu zwei Zöpfen gebunden, die alles andere als symmetrisch waren.

„Stimmt", musste Anastasia zugeben. „Aus dir ist etwas Ansehnliches geworden."

„Genau. Das beantwortet doch deine Frage."

„Du meinst also, dass dieses Mädchen, von dem ich erzählt habe, irgendwann darüber hinwegkommen wird? Dass sie *nicht* übergeschnappt oder sonst etwas ist?" Anastasia blickte ihre Mutter fragend an.

„Sie ist kein bisschen übergeschnappt, sondern im Gegenteil absolut normal, sehr empfindsam, sehr liebevoll. Ich glaube, ich würde sie überaus sympathisch finden."

„Wenn du sie kennen würdest", sagte Anastasia hastig.

„Klar, wenn ich sie kennen würde. Und was ist mit dir? Hast du inzwischen das ganze Geschirr neu sortiert? Wie ist es, willst du mit mir zu Papa und Onkel George ins Wohnzimmer gehen und ein bisschen fernsehen?"

„Okay, gleich. In etwa fünf Minuten. Reservier mir ein Plätzchen auf der Couch." Anastasia ging zur Hintertür.

„Wo willst du hin? Es ist schon dunkel", sagte ihre Mutter überrascht.

„In die Garage. Ich muss noch einmal seilklettern üben", antwortete Anastasia.

WER - WAS - WANN - WO - WARUM

Katherine Krupnik, 38-jährige Hausfrau aus einem Bostoner Vorort, gestand ihrer Tochter am heutigen Tag, dass auch sie

Die absolut normale Hausfrau und Seilkünstlerin Katherine Krupnik berichtete am heutigen Abend, dass sie in jungen Jahren verliebt gewesen war, und zwar in

Die Bostoner Jugendliche Anastasia Krupnik, 13, stellte eines Abends fest, dass die innige Zuneigung, die sie ihrer Sportlehrerin entgegenbrachte, letztlich kein Anzeichen für ernsthafte psychische Probleme war. „Was für ein Glück!“, rief A. K. erleichtert, nachdem sie zugegeben hatte, dass es sich bei der fraglichen Person um sie selbst handelte.

Sechs

Als Anastasia am Samstagmorgen nach dem Aufwachen aus dem Fenster blickte, knurrte sie unwillig. Das Wetter war grässlich. Der Wind pfiff durch die hohen Bäume im Garten, der Regen prasselte heftig gegen die Fenster. Draußen auf dem Gartenweg hatten sich schon große Pfützen gebildet.

Mist!

Anastasia hatte Daphne versprochen, sie in der neuen Wohnung zu besuchen, in der sie seit kurzem mit ihrer Mutter wohnte. Doch es regnete so stark, dass weder an eine Radtour noch an einen Spaziergang zu denken war.

„Frank“, sagte sie mit einem Blick auf das Wasserglas, in dem ihr Goldfisch friedlich seine Runden drehte, „ich begreife nicht, wie du es aushältst, ständig im Nassen zu leben!“

Frank Goldfisch zuckte mit der Schwanzflosse und schwamm friedlich weiter. Er schien etwas antworten zu wollen, denn seine Lippen öffneten und schlossen sich.

„Ich weiß“, seufzte Anastasia. „Für dich ist es normal, nass zu sein. Hier hast du dein Frühstück.“ Sie ließ etwas Trockenfutter auf die Wasseroberfläche rieseln, und Frank kam gierig an die Oberfläche geschwommen. „Schling nicht so“, ermahnte Anastasia Frank, doch ihr Appell verhallte wie üblich ungehört.

Danach zog Anastasia die alte Jeans an, die sie nur samstags aus dem Schrank holte, weil ihre Mutter ihr verboten hatte, sie in der Schule zu tragen, sowie einen Rollkragenpullover (weil ihre Mutter gesagt hatte, ihr Hals sei lang und dünn – was stimmte und was sie nun zu verschleiern versuchte). Zum Schluss schlüpfte Anastasia in die Fliegerstiefel mit den roten Schnürsenkeln und griff zu ihrer Haarbürste.

Wie oft hatte sie sich schon vorgenommen, ihren Haaren morgens und abends je hundert Bürstenstriche zukommen zu lassen! Aber diesen Vorsatz hatte sie noch kein einziges Mal wahr gemacht. Hundert Bürstenstriche waren nämlich ganz schön viel.

„Es ist so ähnlich", dachte sie, „wie Papas Vorsatz mit dem Rauchen."

„Ich werde meine Pfeife nicht mehr anzünden", verkündete er zum Beispiel manchmal nach dem Abendessen, „erst wieder morgen am späten Vormittag."

Doch schon zwei Stunden später griff er wie beiläufig zur Pfeife und stopfte sie mit Tabak, während Anastasia und ihre Mutter ihn vorwurfsvoll beobachteten und Anastasia *Smoke gets in yours eyes* zu summen begann.

„Wisst ihr", sagt Dr. Krupnik dann immer verlegen, „bis morgen Vormittag dauert es einfach noch zu lange."

„Dasselbe gilt auch für das Kämmen", überlegte Anastasia jetzt und legte die Bürste nach nur vierzehn Strichen beiseite. Ihr Arm schmerzte. Zu intensives Bürsten tat bestimmt auch der Bürste nicht gut.

Anastasia setzte ihre Brille auf, überlegte kurz, ob sie ihr Bett machen sollte, und entschied sich dann dagegen. Sie zog die Zimmertür hinter sich zu und hüpfte die Treppen hinunter. Ihre Eltern mochten es nicht, wenn sie mit den Fliegerstiefeln die Treppen hinunterdonnerte, aber Anastasia fand diesen Krach herrlich. Er war – genau wie ihre alten, abgetragenen Jeans – ein Beweis dafür, dass heute Samstag war.

„Rrrrrr", machte Sam. Er kroch auf allen vieren im Flur und reihte erneut seine Matchbox-Autos hintereinander auf. „Pass auf, Anastasia. Nicht auf meine Autos treten! Ich mache gerade eine ..."

„Eine Parade, stimmt's? Gut, Sam, es ist wirklich eine hübsche Autoparade."

„Aber nein", krähte Sam laut und fröhlich. „Ich mache eine Beerdigung."

„Pssst." Anastasia kniete sich neben ihren Bruder und flüsterte ihm ins Ohr: „Nicht so laut, Sam! Nicht solange Onkel George hier ist."

„Warum nicht? Onkel George kennt sich aus mit Beerdigungen, weil Tante Rose doch erst ..."

„PSSSSSST."

Sam zeigte auf seinen kleinen Kipplaster, auf dem ein Playmobilmännchen kerzengerade auf dem Rücken lag und mit glasigen Augen zur Decke starrte. „Schau, das ist Tante Rose", erklärte Sam. „Ich fahre sie gerade zum ..."

Anastasia hatte eine Idee. „Sam", flüsterte sie, „Beerdigungen sind etwas ganz Privates und Leises."

„Echt?"

„Oh ja. Deshalb musst du deine Autos und Laster ganz leise schieben und darfst nur flüstern."

„Sind sie ein Geheimnis?" Sams Augen wurden groß. Er liebte Geheimnisse.

Anastasia nickte feierlich.

„Ach so. Okay", flüsterte Sam. Er wandte sich wieder seiner Autoparade zu und schob sie jetzt ganz leise vorwärts. „Rrrr", murmelte er dabei.

Erleichtert marschierte Anastasia in die Küche, wo ihre Eltern und Onkel George bereits auf sie warteten.

„Wer? Was? Wann? Wo? Warum?", sagte Anastasia, während sie ihre Cornflakes umrührte.

Ihr Vater blätterte in der Tageszeitung eine Seite weiter und schwieg. Ihre Mutter nahm einen Schluck Kaffee, schrieb ein paar Buchstaben in ihr Kreuzworträtsel und schwieg ebenfalls.

Onkel George hingegen blickte verwundert von seiner Zeitschrift auf. Es war schön, einen Gast im Haus zu haben, fand Anastasia. Dann war zumindest jemand da, der einem ab und zu mal etwas Aufmerksamkeit schenkte.

„Ich bereite mich auf meinen zukünftigen Beruf vor", erklärte Anastasia ihrem Onkel. „Ich möchte später nämlich Journalistin werden. Und auf diese fünf Fragen muss ein guter Journalist gleich am Anfang eines Artikels eingehen."

„Ach so", sagte Onkel George höflich und blickte wieder in seine Zeitschrift.

„Oder eines Stücks", fuhr Anastasia fort. „Ein Profi spricht normalerweise von einem Stück, nicht von einem Artikel. Im Moment schreibe ich zum Beispiel für unsere Schülerzeitung ein Stück über das Basketball-Team der Siebtklässlerinnen."

„Ach ja?", kam es von Onkel George. Er blickte kurz auf, doch nur, um sich gleich darauf wieder seiner Zeitschrift zu widmen.

„Weißt du, ich muss auf diese Fragen unbedingt

eingehen. Soll ich dir erklären, wie es funktioniert? Stell mir die fünf Fragen, aber der Reihe nach, bitte."

„Was? Welche Fragen?", fragte Onkel George geistesabwesend.

„Nun – Wer? Was? Wann? Wo? Warum?", erklärte Anastasia mit wahrer Engelsgeduld. „Frag mich einen Punkt nach dem anderen ab."

Onkel George schlug die Zeitschrift zu. Gut, jetzt hatte sie endlich seine volle Aufmerksamkeit. „Wer?", fragte er.

„Das Basketball-Team der Siebtklässlerinnen ...", antwortete Anastasia. „Weiter. Nächste Frage bitte."

„Was?", fuhr Onkel George fort.

„... errang seinen vierten Sieg in Folge. Weiter."

„Wann?"

„Letzten Freitagnachmittag."

„Wo?"

„In der Sporthalle des Lexington Gymnasiums. Okay, weiter?"

„Warum?"

„In ihrem Trachten nach dem Sieg bei den regionalen Meisterschaften. Gefällt dir der Ausdruck ‚Trachten nach dem Sieg'? Er ist mir einfach so eingefallen."

Onkel George nickte. „Oh ja, hört sich recht ... hm, intellektuell an. Ja, er gefällt mir gut."

Anastasia schob sich den letzten Löffel Cornflakes in den Mund und brachte die leere Schüssel zum Spülbecken. „Gut, dann machen wir noch einen Versuch, Onkel George, jetzt wo du den Dreh raushast", sagte sie zufrieden. „Also, beginnen wir wieder mit ‚Wer?'!"

Onkel George grinste. „Na schön", sagte er. „Wer?"

„Anastasia Krupnik ..."

„Was?“

„... ist leider gezwungen, auf den geplanten Besuch bei ihrer Freundin, die kürzlich umgezogen ist, zu verzichten.“

„Wann?“

„Heute früh.“

„Wo?“

„Etwa einen Kilometer von hier entfernt.“

„Warum?“

„Weil es regnet“, antwortete Anastasia missmutig. „Es gießt in Strömen, und wie es aussieht, wird es heute den ganzen Tag über regnen.“

„Wenn dein Vater mir sein Auto leiht, fahre ich dich hin“, schlug Onkel George vor. „Ich habe heute Morgen nichts vor.“

„Das würdest du tun?“, rief Anastasia begeistert. „Fände ich toll von dir, Onkel George! Papa, bist du einverstanden?“

Myron Krupnik blickte kurz auf. „Mhmmm“, murmelte er und war auch schon wieder in seine Zeitung vertieft.

„Ich hole nur schnell meine Jacke“, rief Anastasia. „Soll ich dir auch gleich dein Sakko aus dem Gästezimmer mitbringen? Vielleicht auch eine Krawatte?“

Onkel George warf einen Blick auf sein altes Flanellhemd. „Bin ich dir nicht fein genug?“, fragte er. „Muss ich mir unbedingt eine Krawatte umbinden, um dich zu deiner Freundin fahren zu dürfen?“

„Nein, natürlich nicht. Mir fiel nur gerade ein, dass wir eventuell auch Daphnes interessante, attraktive Mutter treffen könnten ...“

Katherine Krupnik sah von ihrem Kreuzworträtsel auf. „Anastasia“, sagte sie warnend.

„Du bist völlig okay angezogen, Onkel George“, rief Anastasia hastig.

Anastasia betrachtete ihren Onkel eingehend, als er den Wagen rückwärts aus der Garage fuhr. Er sah wirklich wie Clark Gable aus, sogar im Profil. Er hatte einen schönen, buschigen Schnauzbart und ein warmes, herzliches Lächeln.

Und Witwer waren, wie Anastasia aus ihren Frauenmagazinen wusste, mit Abstand die besten Ehemänner. Wesentlich besser als geschiedene Männer. Das lag daran, dass sie ihre erste Frau in bester Erinnerung hatten und nicht zähneknirschend am Ersten jedes Monats einen Unterhaltsscheck ausstellen mussten. Und bestimmt dachte Onkel George mit so viel Liebe an seine Frau, dass er sich inständig wünschte, bald wieder eine Frau kennen zu lernen, die so nett war wie Tante Rose. Vielleicht jemanden wie Caroline Bellingham, Daphnes Mutter.

„Wir fahren jetzt hier lang, immer geradeaus, drei Blocks weit, dann links“, erklärte Anastasia, als Onkel George in die Straße einbog. „Du hast Tante Rose sicher noch in bester Erinnerung“, sagte sie dann plötzlich.

Ihr Onkel schaltete einen Gang höher, und das Auto machte einen Satz. Es war ein sehr altes, eigenwilliges Auto. „Immer geradeaus“, wiederholte er, „und nach drei Blocks nach links. Das hast du doch gesagt, stimmt's?“

„Ja. Und ich fragte auch, ob du Tante Rose noch in bester Erinnerung hast.“

„Oh, hm, ja“, erwiderte Onkel George. „Ja, sehr. Schade, dass du sie nicht gekannt hast, Anastasia.“

„Mama und Papa haben mir gesagt, dass sie sehr nett und dass eure Ehe glücklich war."

„Ja, das stimmt."

„Glaubst du – hier, Onkel George, hier müssen wir nach links – glaubst du, es wird sehr lange dauern, bis du über ihren Tod, ich meine über ihren Verlust hinwegkommst?"

Onkel George setzte den Blinker. „Es wird sicher einige Zeit dauern", sagte er. „Ihr Tod kam so plötzlich. Jetzt wieder geradeaus?"

Anastasia nickte. „Ja, ein paar Blocks weit. Ich gebe dir rechtzeitig Bescheid, wenn wir zu Daphnes Straße kommen. Ach übrigens, Daphnes Mutter erholt sich auch gerade von einem Schock: Sie hat ganz unerwartet ihren Ehemann verloren."

„Oh! Es tut mir Leid, das zu hören." Onkel George konnte sogar so mitfühlend dreinschauen, wie Anastasia es nur von Clark Gable kannte. Sie hoffte, er würde nicht nachfragen, auf welche Weise Mrs Bellingham ihren Mann verloren hatte. Der hinterhältige Sal Monella war eine Sache: grausam und tragisch. Eine Sonntagsschullehrerin aber war etwas anderes.

„Hier. Hier müssen wir nach rechts. In dieser Straße wohnt sie. Nur noch ein paar Häuser weiter. Es muss das hohe Gebäude dort sein. Da, schau, da steht Daphne ja schon, mit dem Schirm auf der Treppe."

Onkel George fand einen Parkplatz direkt vor Daphnes Haus. Er beugte sich über Anastasia und öffnete die Beifahrertür. Daphne kam freudestrahlend auf das Auto zugelaufen. Sie trug Jeans und ein langes, weites T-Shirt, in dem sie aussah wie der Erzengel Gabriel. Schützend hielt sie sich den großen, schwarzen Schirm über den Kopf.

„Das ist mein Onkel George“, sagte Anastasia mit unüberhörbarem Stolz. „Onkel George, das ist meine Freundin Daphne Bellingham.“

„Hallo“, rief Daphne und zwinkerte Anastasia viel sagend zu. Das bedeutete: Du hast Recht, er sieht wirklich wie Clark Gable aus.

„Um wie viel Uhr soll ich dich wieder abholen, Anastasia?“ Onkel George hatte nicht einmal den Motor ausgemacht.

„Willst du nicht kurz mit hineinkommen? Daphne würde dich bestimmt gern ihrer Mutter vorstellen“, sagte Anastasia. „Besonders weil ihr beide so vieles gemeinsam habt.“

„Ja, ich würde Sie beide gerne bekannt machen“, pflichtete Daphne ihrer Freundin bei. „Kommen Sie doch auf eine Tasse Kaffee mit. Ich habe extra den großen Schirm mitgebracht, damit Sie nicht nass werden.“

Onkel George machte mehrere höfliche Clark-Gable-ähnliche Ablehnungsversuche. (Wäre diese Szene im Film *Vom Winde verweht* vorgekommen, hätte er bestimmt gesagt: „Ehrlich gesagt, Liebste, ist mir das verdammt egal.“) Doch Anastasia und Daphne rührten sich nicht von der Stelle, bis er schließlich den Zündschlüssel umdrehte und abzog. „Na gut, aber nur für eine Minute“, meinte er resigniert. Dann folgte er den beiden Mädchen ins Haus und in den zweiten Stock hinauf, wo Daphne mit ihrer Mutter wohnte.

WER - WAS - WANN - WO - WARUM

Der zu einem Kurzbesuch in Boston weilende kalifornische Witwer George Krupnik kämpfte am heutigen Morgen gegen sintflutartige Regengüsse an, um

Am heutigen, sehr verregneten Samstagmorgen glaubten die beiden Siebtklässlerinnen Anastasia Krupnik und Daphne Bellingham, in den Lauf der Geschichte eingreifen zu können, als sie ein Treffen zwischen

Das erst kürzlich stattgefundene Treffen zwischen George Krupnik, einem gut aussehenden Witwer aus Los Angeles, und Caroline Bellingham, einer ehemaligen Sonntagsschullehrerin, soll, Augenzeugenberichten zufolge, nicht so erfolgreich verlaufen sein, wie der Bekanntenkreis des Paares gehofft hatte.

Sieben

„Mist", sagte Anastasia geknickt, „es hat nicht geklappt. Ich sage es zwar nicht gern, Daphne, aber ich finde, deine Mutter hat sich schrecklich benommen."

„Tja, ich fürchte, sie hat einen seelischen Knacks abbekommen", meinte Daphne schulterzuckend. „Früher war sie ziemlich normal. Aber neuerdings ist sie zu allen Leuten so unhöflich wie vorhin zu deinem Onkel. Mann o Mann, sie wird sich grün und blau ärgern, wenn sie wieder einigermaßen bei Sinnen ist und ihr klar wird, wie unhöflich sie zu einem Mann war, der wie Clark Gable aussieht."

Die beiden Mädchen saßen in Daphnes Zimmer. Es war kleiner als Daphnes früheres Zimmer und hatte nur einen Schrank und ein einziges Fenster. Und die Tapete war wirklich scheußlich: hellgrün mit Frauen in Reifröcken, die mit Sonnenschirmchen an einem See saßen. Aber alles in allem war das Zimmer ganz okay. Daphne hatte all ihre Sachen mitgebracht, sodass die Atmosphäre insgesamt gesehen dieselbe war: An der Wand hingen ihre alten Poster, und auf dem Bett thronte ihr alter Plüschdrache, genau wie im früheren Haus.

Aber es stimmte, dass Daphnes Mutter sich verändert hatte. Und zwar *sehr*. Früher, als sie noch Pastorenfrau gewesen war, hatte sie sich auch wie eine Pastorenfrau benommen. Daphne und Anastasia fanden sie damals ziemlich langweilig. Sie hatte im Kirchenchor gesungen, an Senioren-Nachmittagen Tee serviert, Bridge gespielt und eine Zeit lang war sie sogar Sonntagsschullehrerin gewesen. Das war komisch, fand Anastasia jetzt. Mrs Bellingham war bestimmt zu denselben Treffen der Sonntagsschullehrer gegangen wie die Frau, die jetzt die Freundin ihres Mannes war.

Anastasia ließ sich neben dem Plüschdrachen auf Daphnes Bett fallen und sagte: „Mir ist gerade etwas Komisches eingefallen. Deine Mutter unterrichtete auch an der Sonntagsschule, genau wie die Frau, die jetzt die Freundin deines Vaters ist. Und sie hat das bestimmt nicht geahnt."

Daphne streckte sich ebenfalls auf dem Bett aus, auf der anderen Seite des Drachens. „Richtig, sie waren befreundet. Und? Was ist daran komisch?"

„Nun", meinte Anastasia gedehnt, „das Ganze hat indirekte Folgen."

„Was willst du damit sagen?"

„Ich will damit sagen, dass du und ich, in diesem Moment, die Leute, die eine wichtige Rolle in unserem späteren Leben spielen werden, vielleicht schon kennen. Vielleicht kennen wir zum Beispiel sogar schon unsere zukünftigen Ehemänner."

Daphne schnitt eine Grimasse. „Sprich lieber nur für dich selbst. *Ich* persönlich werde garantiert nicht heiraten."

„Wer weiß. Wenn ich mich recht erinnere, warst du mal ziemlich verrückt nach Eddie Fox."

„Okay, ein bisschen verknallt. Aber eine Ehe ist etwas ganz anderes. Denk nur an das, was mit meinen Eltern passiert ist. Obwohl etliches davon natürlich meine Schuld war." Daphne erhob sich, ging an ihren Schreibtisch und griff nach einem Fläschchen Nagellack. „Willst du dir auch die Zehennägel lackieren?"

„Okay." Anastasia schnürte ihre Stiefel auf. „Was für eine Farbe ist es?"

Daphne las das Etikett. *„Rouge absolu."*

„Super. Den hatte ich schon mal. Es gibt sogar einen passenden Lippenstift dazu. Leider steht mir Lippenstift nicht. Ich sehe damit irgendwie ordinär aus."

Die beiden Mädchen reichten sich das Fläschchen hin und her, während sie ihre Fußnägel lackierten. „Sitz still", sagte Daphne warnend. „Ich male ohnehin ständig daneben, und wenn das Bett wackelt, ist es noch schlimmer."

Schweigend konzentrierten sich die beiden Mädchen darauf, einen Zehennagel nach dem anderen zu bemalen. Nach einer Weile streckte Anastasia das linke Bein aus, um ihre bemalten Zehennägel aus der Ferne zu bewundern. Sie lächelte zufrieden. Ihr Fuß sah toll aus. Wie ein fremder Fuß. Wie der Fuß eines Models, das im Badeanzug posierte. Wie der Fuß einer Spitzensportlerin, die mühelos an einem Seil hochklettern konnte. Wie ...

„Hey", sagte Anastasia plötzlich und blickte Daphne mit großen Augen an. „Was hast du eben gesagt? Es sei zum Teil deine Schuld gewesen? Was soll das heißen? Gibst du dir etwa die Schuld an der Trennung deiner Eltern?"

Daphne pustete an ihre Zehen, damit die Farbe schneller trocknete. „Ja, sie sagen zwar, ich könnte nichts dafür, aber ich weiß es besser."

„Wieso sollte es deine Schuld sein?"

„Weißt du noch, wie ich früher war? Damals, als du

hierher gezogen bist? Ich war doch echt verrückt, oder?"

Anastasia überlegte. Es fiel ihr wieder ein. Sie dachte daran, wie Daphne ein Hakenkreuz in den Rasen gemäht hatte und wie sie ihr Zimmer eigenhändig pechschwarz gestrichen hatte. Und in der Schule war Daphne so aufsässig gewesen, dass sie fast täglich nachsitzen musste.

„Nun ja, direkt verrückt warst du nicht, Daphne, nur eben in einer rebellischen Phase."

Daphne seufzte. Sie winkelte die Beine an, umschlang ihre Knie und stützte ihren Kopf darauf. „Ich weiß", flüsterte sie. „Ich wünschte, ich hätte mich nicht so benommen. Meine Eltern wurden damals einfach nicht mit mir fertig. Und jetzt haben wir den Salat."

„Welchen Salat? Unsinn, Daphne. Deine Eltern kamen gut mit dir klar. Sie waren nie wütend auf dich oder so. *Meine* Eltern wären ausgeflippt, wenn ich die Wände meines Zimmers schwarz gestrichen hätte. Deine haben nur seelenruhig abgewartet, bis du den düsteren Anblick satt hattest, und dann von dir verlangt, dass du die gelbe Farbe von deinem Taschengeld bezahlst. Das war meiner Meinung nach die absolut beste Art, damit umzugehen. Viel besser als herumzubrüllen, was meine Eltern garantiert getan hätten."

„Meinst du?" Daphne blickte fragend auf.

„Hundertprozentig!"

„Ich fand deine Eltern immer ganz toll. Gerade weil sie manchmal mit dir schimpfen und so. Meine Eltern haben *nie* mit mir geschimpft. Und soll ich dir mal was verraten?" Daphne legte den Kopf wieder auf ihre

Knie. Sie begann, leise zu schluchzen. „Ich habe mir das so sehr gewünscht."

Anastasia saß schweigend da und konnte nur hilflos mit ansehen, wie Daphne von Schluchzern geschüttelt wurde. Wie konnte sie ihr helfen? Die Leute im Fernsehen wussten in jeder Situation, was zu tun oder zu sagen war. Wenn Joanne Woodward eine Psychologin spielte, fand sie immer die richtigen, tröstenden, klugen Worte. Anastasia dagegen gelang dies nie.

„Hey, das Bett wackelt", versuchte sie es schließlich. „Mir hast du verboten, das Bett zum Wackeln zu bringen, und jetzt tust du es selbst."

Daphne holte tief Luft und bemühte sich, ihre Tränen zu stoppen.

„Hier", sagte Anastasia und griff nach dem Päckchen Tempo auf dem Nachttisch. „Im Film reichen die Psychologen ihren weinenden Patienten immer Papiertaschentücher. Vielleicht sollte ich Psychologin werden."

Geräuschvoll putzte Daphne sich die Nase. Dann holte sie noch einmal tief Luft. „Entschuldige", stammelte sie. „Ich bin echt doof."

„Bist du nicht!", widersprach Anastasia. „Es macht mir nichts aus, wenn du weinst. Es braucht dir nicht peinlich zu sein oder so. Ich komme mir nur so hilflos vor, weil mir nichts einfällt, womit ich dich trösten könnte. Ich kann dir nur sagen, dass ich felsenfest davon überzeugt bin, dass es *nicht deine Schuld* ist, dass deine Eltern sich getrennt haben."

Anastasia überlegte. „Am besten, ich gehe mal journalistisch vor. Also, hör zu. Ich werde dir jetzt ein paar Fragen stellen, und zwar: Wer? Was? Wann? Wo?

Warum? Die erste Frage lautet: Wer? Du nennst dann die Namen deiner Eltern. Okay? Also: Wer?"

Daphne konnte ein leichtes Schmunzeln nicht unterdrücken. „Pastor Bellingham und seine Frau Caroline", antwortete sie.

„Was ist mit ihnen?", fragte Anastasia als Nächstes.

„Sie haben die Scheidung eingereicht."

„Wann?"

„Letzten Monat."

„Wo?"

Das wusste Daphne nicht genau. „Hier in Boston, glaube ich. Bei irgendeinem Gericht."

„Warum? Sei jetzt bitte ganz ehrlich."

Daphne musste schon wieder tief durchatmen. „Hm, weil sie im Lauf der Zeit festgestellt haben, dass sie charakterlich einfach nicht mehr zueinander passten. Mama hatte zum Beispiel keine Lust mehr, in der Sonntagsschule zu unterrichten oder im Kirchenchor zu singen oder zu den vielen Wohltätigkeitsveranstaltungen zu gehen. Aber Papa bestand darauf, dass sie damit weitermachte. Er sagte, es wäre ihre Pflicht. Doch sie wollte lieber einen richtigen Job haben, weil sie früher einmal studiert hat und so – vor ihrer Ehe hatte sie angefangen, Jura zu studieren, aber das Studium dann abgebrochen, weil mein Vater meinte, es schicke sich nicht für die Frau eines Geistlichen, berufstätig zu sein, und außerdem habe sie es finanziell nicht nötig ..."

Daphne unterbrach ihren Redeschwall kurz und fuhr dann fort: „Er hat nie begriffen, dass es ihr gar nicht um das Geld ging, sondern ... Mama sagte, es ginge um ihr Selbstbewusstsein. Papa dagegen meinte, es müsse ihr genügend Selbstbewusstsein geben, die Frau des Pastors der größten Kirchengemeinde weit und breit zu sein. Und als er das sagte, antwortete Mama mit einem sehr unschönen Ausdruck, den ich lieber nicht wiederholen möchte ..."

Anastasia kicherte. „Warum nicht? Ich bin es gewohnt, aus deinem Mund unschöne Ausdrücke zu hören."

„Klar, aber noch niemand hat meine Mutter je ein Schimpfwort sagen hören, und ich will ihr gutes Image nicht zerstören. Jedenfalls sagte sie danach, sie würde zur Eheberatung gehen, woraufhin Papa erwiderte: ‚Meine Liebe, vergiss nicht, dass ich selbst unter anderem als Eheberater tätig bin, und das solltest du respektieren.' Da sagte Mama, er sei ein scheinheiliger Widerling, und Papa antwortete ..."

„Hey, Moment mal, Daphne, woher weißt du das alles? Du willst doch nicht etwa behaupten, dass sie sich das alles in deiner Gegenwart an den Kopf geworfen haben, oder?"

Daphne schüttelte den Kopf. „Nein, natürlich nicht. Ich habe heimlich gelauscht, von meinem Schrank aus. Ich musste nur die Wintersachen zur Seite schieben und mich direkt an die Rückwand stellen, und schon konnte ich alles hören, was sie in ihrem Schlafzimmer besprachen. Sollte man zwar nicht tun, ich weiß, aber ..."

„Aber es war nötig", ergänzte Anastasia und nickte. „Das kann ich verstehen."

Daphne wischte sich mit dem Handrücken eine Träne weg. „Okay, das war dann alles in punkto ‚Warum?', nehme ich an."

Anastasia blickte sie verblüfft an. „Na also, das beweist es doch! Begreifst du nicht, Daphne?"

„Was soll ich begreifen?"
„Nun, diese Unterhaltungen, die du belauscht hast – deine Eltern wussten doch nie, dass du mitgehört hast, oder?"
„Nein. Ich schob die Klamotten immer an ihren alten Platz zurück, damit meine Mutter nichts bemerkte."
„Und sie haben dich kein einziges Mal erwähnt, richtig? Haben sie auch nur einmal so etwas gesagt wie: ‚Unsere schreckliche Tochter Daphne – wer von uns beiden wird sie in Zukunft am Hals haben?'"
Daphne kicherte. „Unsinn! Natürlich kamen sie auch auf mich zu sprechen. Aber es ging immer nur darum, dass sie sich Sorgen um mich machten."
Anastasia stand auf und blickte bewundernd zu ihren *Rouge-absolu*-Zehen hinunter. „Okay", sagte sie dann, „hör also mit diesem Blödsinn auf. Es ist nicht deine Schuld. Wie sehen übrigens deine Zehen aus?"
Daphne stand ebenfalls auf und betrachtete ihre Füße. „Sexy", beschloss sie dann. „Wer weiß, vielleicht heirate ich eines Tages doch."

Onkel George drückte nur auf die Hupe, als er Anastasia abholte. Er machte sich nicht einmal die Mühe, auszusteigen und zu klingeln. Kein Wunder! Als er vorhin in die Wohnung gekommen war, hatte Mrs Bellingham ihn kaum eines Blickes gewürdigt und nur kurz „Hallo, bitte entschuldigen Sie mich, ich habe zu tun" gesagt. Dann war sie in ihrem Schlafzimmer verschwunden, während Onkel George verlegen auf der Wohnzimmercouch saß und Daphne und Anastasia krampfhaft Konversation zu machen versuchten.

„Hallo, Onkel George“, rief Anastasia keuchend, nachdem sie durch den Regen gerannt und auf den Beifahrersitz geklettert war. „Lieb von dir, mich abzuholen.“

„Entschuldige, dass ich nicht geläutet habe“, sagte er, „aber ich glaube, Daphnes Mutter mag mich nicht.“

Anastasia verdrehte die Augen. „Sie hat sich echt komisch benommen. Gut, man muss bedenken, dass sie erst vor kurzem ihren Mann verloren hat. Das macht ihr sicher noch zu schaffen. Aber ich denke, sie wird darüber hinwegkommen.“

„Deine Freundin Daphne hingegen ist sehr nett“, fuhr Onkel George fort. „Und sie hat wunderschöne Haare. Sie erinnert mich ein bisschen an Shirley Temple.“

Himmel! Das durfte Anastasia ihrer Freundin keinesfalls erzählen. Ältere Leute wie Onkel George – und sogar Anastasias Eltern – waren verrückt nach den alten Shirley-Temple-Filmen, in denen das sommersprossige kleine Mädchen lächelnd über die Leinwand hüpfte, manchmal sogar im Spitzen-Unterhöschen, und dabei kokett ihre Löckchen schüttelte.

Da Daphne tatsächlich denselben Lockenschopf hatte wie Shirley Temple in jungen Jahren, hatte sie einmal bei einem Talentwettbewerb in der Schule zu dem Lied *Auf dem Schifflein Lollipop* getanzt und dabei den Mund bewegt, als würde sie zu der Melodie vom Kassettenrekorder singen. Aber sie hatte einen ihrer Schneidezähne schwarz angemalt und trug unter ihrem kurzen roten Röckchen eine schwarze Spitzenunterhose, die jedes Mal hervorblitzte, wenn sie einen typischen Shirley-Temple-Hüpfer machte.

Die anderen Schüler waren restlos begeistert gewesen, hatten sich vor Lachkrämpfen geschüttelt und Daphne mit Applaus überschüttet. Doch alle Anwesenden über 35 – und dazu gehörten die meisten Lehrer – empfanden es als eine Art Gotteslästerung. Es hatte nicht viel gefehlt, und Daphne hätte zur Strafe schon wieder nachsitzen müssen!

Ms Wilhelmina Willoughby hingegen hatte begeistert Beifall geklatscht, wie Anastasia sich zufrieden erinnerte.

Beim Gedanken an ihre Sportlehrerin fiel Anastasia wieder ein, dass sie geplant hatte, den Rest des Samstagnachmittags in der Garage Seilklettern zu üben. Da sie wegen ihrer häufigen Kletteraktionen allmählich Blasen an den Händen hatte, würde sie ab sofort besser die Gartenhandschuhe ihrer Mutter anziehen.

WER - WAS - WANN - WO - WARUM

An einem verregneten Samstagmorgen bewies die junge Anastasia Krupnik erstaunliches psychologisches Geschick, fast so großartig und einfühlsam wie Joanne Woodward in ihren besten Filmen, als sie

Obwohl das ungeduldig erwartete Onkel-Mutter-Treffen nicht so erfolgreich verlief wie gehofft, verbrachten Anastasia Krupnik und Daphne Bellingham kürzlich einen vergnüglichen Morgen

Nach Meinung der bekannten Psychologin Anastasia Krupnik entpuppte sich Daphne Bellingham neulich als komplette Närrin, was ihre Einschätzung der Gründe betraf, die zur geplanten Scheidung ihrer Eltern geführt haben. „Ich konnte ihr zum Glück dabei helfen, wieder einen klaren Kopf zu bekommen", vertraute die für ihr Einfühlungsvermögen und ihr Taktgefühl bekannte Therapeutin unseren Reportern an.

Acht

Ms Willoughbys Trillerpfeife setzte dem Basketballspiel am Montagnachmittag ein abruptes Ende: Mit quietschenden Gummisohlen kamen die Mädchen zum Stehen. Meredith Hallberg ließ den Basketball noch einmal aufprallen, warf ihn erfolglos in Richtung Korb und rollte ihn dann in den Nebenraum, in dem die Turngeräte und Gymnastikmatten aufbewahrt wurden.

„Die Stunde ist fast vorüber", rief Ms Willoughby. „Aber kommt noch einmal kurz her, bevor ihr euch umziehen geht."

Noch keuchend von den Anstrengungen des Spiels, umringten die Siebtklässlerinnen ihre Lehrerin. Anastasia hielt sich etwas abseits. Im Turnunterricht fühlte sie sich neuerdings als Außenseiterin. Missmutig betrachtete sie ihre Klassenkameradinnen in den blauen Gymnastikanzügen, die erwartungsvoll auf die Turnlehrerin blickten.

„Nur ganz kurz eine wichtige Information", begann Wilhelmina Willoughby. „Wie ihr bestimmt schon wisst, wird demnächst eine Delegation von Lehrern aus Übersee unsere Schule besuchen. Schon übermorgen, um genau zu sein."

Bei dieser Ankündigung lachten die Mädchen laut los. Die ganze Schule redete seit mindestens zwei Wochen von nichts anderem mehr. Überall hingen

Plakate, die die Schüler an das große Ereignis erinnerten. Die Rektorin hatte eigens eine Schülerversammlung einberufen. Und jeder einzelne Lehrer hatte in seiner Klasse über den kommenden Besuch gesprochen und dabei immer wieder betont, wie wichtig dieser Besuch für das Ansehen der Schule war.

Anastasia war längst klar geworden, welche Panik die Lehrer und besonders die Rektorin hatten, dass etwas schief laufen und man sich vor der ausländischen Delegation blamieren könnte. Eddie Fox könnte einen unanständigen Ausdruck von sich geben, was er gelegentlich tat, Daphne Bellingham eventuell mitten in der Geschichtsstunde aus der Rolle fallen und unangenehm auffallen – obwohl ihre Shirley-Temple-Imitation mittlerweile Monate zurücklag. Ein paar Achtklässler könnten in der Pause beim Rauchen auf dem Schulhof ertappt werden, statt sich wie sonst üblich diskret in die Toiletten zurückzuziehen.

Aber das alles war höchst unwahrscheinlich. Die Schüler an Anastasias Gymnasium waren im Grunde genommen recht verständig und hatten nicht die Absicht, den guten Ruf ihrer Schule zu schädigen. Und trotzdem wirkten die Lehrer sehr nervös. Jetzt begann sogar Ms Willoughby, von der Anastasia eigentlich geglaubt hatte, dass sie mit ihrer supercoolen Art über solchen Nebensächlichkeiten stünde, mit der üblichen Ansprache: „Wir alle müssen unser Möglichstes tun, um einen guten Eindruck auf die Besucher zu machen."

„Ich plane eine kurze Vorführung", fuhr Ms Willoughby fort. „Sie wird nicht viel Zeit in Anspruch nehmen, denn die Besucher werden nur in kleinen Gruppen kurz in die Turnhalle schauen. Doch in Europa wird großer Wert auf Leibeserziehung gelegt – ihr wisst, wie gut die Deutschen und Rumänen immer bei den Olympischen Sommerspielen abschneiden, weshalb sie bestimmt sehr daran interessiert sind zu sehen, was wir im Sportunterricht machen."

Sie machte eine kurze Pause. „Deshalb möchte ich, dass ihr eure Anzüge heute zum Waschen mit nach Hause nehmt. Und vergesst nicht, sie auch zu bügeln."

Ein allgemeines Stöhnen ging durch die Reihen.

„Weiße Socken", fuhr Wilhelmina Willoughby fort. „Keine auffälligen Ringelsocken, Jennifer Billings! Ich warne dich!"

Alle lachten und blickten auf Jennys grün-rot gestreifte Kniestrümpfe.

„Und auch keine Feinstrumpfhose, Daphne Bellingham", mahnte Ms Willoughby, woraufhin von Daphne hastig ein „okay, okay" kam.

„Ich wiederhole: weiße Socken für alle. Und kein Schmuck! Das gilt auch für dich, Jill, obwohl du es magst, wenn alles an dir klimpert. Deine drei Ohrringe bleiben daheim. Und seid am Mittwoch alle pünktlich. Gut, was noch?" Ms Willoughby ging ihren Merkzettel durch.

Jenny Billings hob die Hand. „Sie sprachen von einer Vorführung. Was werden wir vorführen?"

„Ah, richtig", sagte Ms Willoughby, „mal sehen. Fünfte Klasse – Volkstänze, sechste Klasse – Gymnastik mit Reifen, siebte Klasse ... Ihr seid mit Seilklettern dran. Gut, aber nun ist die Stunde um. Ab in den Umkleideraum!" Und wieder ertönte ein Pfiff zum Zeichen, dass die Klasse entlassen war.

„Anastasia!", rief Ms Willoughby, als die Mädchen

bereits zum Umkleideraum stürmten, „kommst du bitte kurz zu mir?“

„Anpfeifen!“, stammelte Anastasia und wurde von Schluchzern geschüttelt. „Stell dir das vor! Sie sagte, ich dürfe anpfeifen! Als ob ich ein Kleinkind wäre, weißt du. Sam könnte man vielleicht weismachen, dass das Anpfeifen eine wichtige Sache ist, aber mir doch nicht! Und dabei war sie so nett, dass ich unmöglich protestieren konnte, und ich weiß, dass sie es ...“

„Pssst“, sagte ihre Mutter tröstend. „Wein doch nicht!“ Sie strich Anastasia über die Haare. „Lass mich mal überlegen. Ich bin sicher, dass wir einen Ausweg finden.“

„Ich könnte krank werden“, schlug Anastasia schniefend vor. „Aber das ist vielleicht auch keine gute Idee. Ich möchte nämlich unbedingt da sein, wenn all die fremden Lehrer kommen. Sie sollen sehen, was für eine tolle Schule wir haben, und für Englisch habe ich ein Gedicht auswendig gelernt. Deshalb darf ich einfach nicht fehlen, denn ich bin die Einzige, die dieses Gedicht auswendig vortragen kann ...“

Sam blickte vom Fußboden auf, wo er sich wieder einmal hingebungsvoll seinen Matchbox-Autos widmete. „Ich kann auch ein Gedicht“, verkündete er. „Hört zu: *Ich bin Popeye, der Matrose, und mache niemals in die Hose ...*“

„MAMA! Sag ihm, er soll die Klappe halten“, brüllte Anastasia genervt.

„Sam“, sagte Mrs Krupnik bestimmt, „Anastasia hat ein Problem. Spiel schön weiter, aber sei bitte still! Bei einer Beerdigung geht es immer leise zu, das weißt du doch. Begrab Tante Rose dort drüben unter den Stoffen."

Sam nickte brav, betrachtete den fraglichen Stoffballen am anderen Ende von Mrs Krupniks Atelier und lud sein Playmobilmännchen wieder auf den kleinen Laster. „Rrrrr", brummte er, während er seine Matchbox-Autoschlange davonschob.

Mrs Krupnik widmete sich wieder ihrer Tochter. „Ich bezweifle allmählich, dass er seines Beerdigungsspiels müde wird, ehe George wieder nach Kalifornien zurückfliegt", murmelte sie. „Noch vier Tage."

„Und nur noch zwei Tage bis zum Besuch der Lehrerdelegation", knurrte Anastasia. „Ich fürchte, ich sollte schon mal das Pfeifen üben."

„Nein, warte", sagte ihre Mutter. Mrs Krupnik legte den Pinsel aus der Hand und blickte nachdenklich auf ihre Staffelei. „Ich muss diese Illustrationen erst am Zehnten des nächsten Monats abgeben. Ich habe also noch ein paar Wochen Zeit und kann sie ohne schlechtes Gewissen liegen lassen. Wie spät ist es?"

„Vier Uhr", antwortete Anastasia nach einem Blick auf ihre Uhr.

„Sam ist in sein merkwürdiges Spiel vertieft. Nicht wahr, Sam, du hast noch ein Weilchen zu tun?"

Sam blickte von dem Stoffstapel hoch, unter dem er gerade sein Playmobilmännchen alias Tante Rose verstaute. *„Schöne, glutäugige Frauen, die liebe ich mir anzuschauen"*, sagte er. „So hört mein *Popeye*-Gedicht auf."

„Okay, Sam ist beschäftigt, George liest in Papas Arbeitszimmer, Papa ist noch an der Uni, und die Vorbereitungen für das Abendessen können warten.

Komm, Anastasia, gehen wir in die Garage!", sagte Mrs Krupnik entschlossen. „Nur du und ich, Spatz. Wir werden es diesem Seil zeigen, und wenn es das Letzte ist, das wir tun!"

„Echt?", fragte Anastasia und strich sich eine Haarsträhne aus der Stirn.

„Echt!", bestätigte ihre Mutter. „Frag mich: Wer?"

„Wer?"

„Anastasia Krupnik ...", antwortete ihre Mutter.

„Was?"

„... meisterte die hohe Kunst des Seilkletterns ..."

„Wann?" Anastasia grinste.

„Am heutigen Tage ..."

„Wo?"

„In der Krupnik'schen Garage ..."

„Warum?"

„Weil sie keine Lust mehr hatte, als Einzige in der siebten Klasse nicht seilklettern zu können. Und weil sie keine Lust hatte, deswegen anpfeifen zu müssen – nicht unter den Augen von Ms Wilhelmina Willoughby, der schönsten und besten Turnlehrerin der Welt, sowie einer Reihe hochrangiger ausländischer Besucher. Und weil ihre Mutter felsenfest davon überzeugt war, dass sie es schaffen würde!"

„Meine Arme tun höllisch weh", jammerte Anastasia am Abend.

„Kein Wunder", anwortete ihre Mutter. „Du hast dich ja auch ganz schön verausgabt."

Die beiden saßen in Mrs Krupniks Atelier, nachdem Sam zu Bett gebracht worden war. Aus der Küche drangen das Klappern von Geschirr und das Gelächter von Dr. Krupnik und seinem Bruder. Heute Abend war Anastasias Vater mit Spülen an der Reihe, und Onkel George hatte freiwillig angeboten, ihm dabei zu helfen, obwohl er sich die Bemerkung nicht hatte verkneifen können, dass Tante Rose in den fast dreißig Jahren ihrer Ehe kein einziges Mal von ihm verlangt hatte, auch nur einen Teller zu spülen.

„Keinen einzigen? Nicht einmal einen Aschenbecher oder so?", hatte Anastasia ungläubig nachgefragt.

„Nein, gar nichts", hatte Onkel George geantwortet und zur Bekräftigung den Kopf geschüttelt.

„Ist es zu fassen? Papa muss zweimal die Woche abspülen. Das ist eine unserer Hausregeln." Um nicht allzu unhöflich zu klingen, fügte sie noch hinzu: „Aber natürlich gelten in jeder Familie andere Regeln." Insgeheim war sie jedoch der Ansicht, dass ein Ehemann, der in fast dreißig Jahren keinen einzigen Teller abspülte, eine sehr merkwürdige Erscheinung war, auch wenn er noch so sehr wie Clark Gable aussah.

Anastasia fragte sich, ob der echte Clark Gable je abgespült hatte – als er noch gelebt hatte, natürlich! Wenn er abends aus dem Filmstudio kam, seinen Rhett-Butler-Anzug ablegte und sich abschminkte, mit seiner Frau zu Abend aß – ob er danach wohl abgespült hatte? Wahrscheinlich nicht. Seine Frau vermutlich auch nicht. Leute wie sie hatten bestimmt ein Dienstmädchen, dachte Anastasia. Vielleicht ließen sie auch den Pizza-Service kommen, wer weiß? Manchmal wünschte sie sich, ihre Eltern wären auch so reich, dass sie sich jeden Abend Fastfood von McDonald's, Pizza oder chinesisches Essen ins Haus liefern lassen könnten.

Und wer weiß, vielleicht traf der echte Clark Gable oben im Himmel mit Tante Rose zusammen? Sie würde die große Ähnlichkeit zwischen ihm und Onkel George feststellen, ihn ansprechen und dann würden die beiden vielleicht gemeinsam in einem Restaurant zu Abend essen.

Nein, sie würden eher zusammen ins Kino gehen, nicht zum Essen. Tante Rose hätte bestimmt keine Lust auf Restaurant-Essen, nicht nach dem, was ihr erst neulich mit Sal Monella passiert war.

„Sie sehen meinem Mann wirklich verblüffend ähnlich“, würde Tante Rose zu Clark Gable sagen.

Nein, das war falsch. Meinem *früheren* Ehemann, müsste sie wohl sagen.

„Anastasia?“

Es war die Stimme ihrer Mutter, die Anastasia aus ihren Tagträumen riss. Anastasia stellte überrascht fest, dass sie noch immer auf der Couch im Atelier saß.

„Herzchen, du schläfst ja schon mit offenen Augen. Willst du nicht lieber zu Bett gehen? Du hast dich heute in der Garage ganz schön angestrengt.“

Anastasia erhob sich mühsam. „Stimmt“, sagte sie gähnend, „ich bin wirklich sehr müde.“

„Du, Mama“, sagte sie, als sie bereits unter der Tür stand. „Ich bin schon ganz gut geworden, stimmt's? Am Seil, meine ich. Beim letzten Mal kam ich bis auf halbe Höhe, vielleicht sogar noch ein Stück weiter, nicht wahr?“

Ihre Mutter nickte. „Bis auf halber Höhe warst du mit Sicherheit. Und wenn du morgen wieder übst, kommst du noch höher, du wirst schon sehen!“

WER - WAS - WANN - WO - WARUM

Nicht ahnend, dass ihre Spitzenschülerin heimlich trainiert hatte, versäumte es die Turnlehrerin Wilhelmina Willoughby

Bei dem geplanten Besuch der ausländischen Lehrerdelegation sollte die 13-jährige Anastasia Krupnik eine total unwichtige Rolle als

Obwohl normalerweise eine aufmerksame und einfühlsame Pädagogin, war es Wilhelmina Willoughby bedauerlicherweise entgangen, welches Geschick die Siebtklässlerin Anastasia Krupnik neuerdings in der schwierigen Kunst des Seilkletterns entwickelt hatte, sodass sie zweifellos einen glanzvollen Auftritt haben würde, wenn am kommenden Mittwoch die Vorführung stattfand, bei der es absolut nicht nötig war, dass jemand anpfiff.

Neun

„Oh Welt", rezitierte Anastasia mit so viel Nachdruck wie möglich, *„so nah und fern zugleich!"*

„Halt!", unterbrach Mr Rafferty sie. „Ich finde, an dieser Stelle wäre eine kleine Geste angebracht. Versuch doch mal, die Arme auszubreiten ..."

Anastasia zuckte mit den Schultern. „Ich bin kein überschwänglicher Typ, Mr Rafferty", antwortete sie entschuldigend.

„Na schön", erwiderte er mit einem enttäuschten Seufzen. „Dann mach weiter."

„Ihr Winde all, du weiter, grauer Horizont!", fuhr Anastasia fort.

„Vielleicht könntest du die Arme an dieser Stelle ausbreiten, bei *weiter, grauer Horizont ...*"

Anastasia biss die Zähne zusammen. Mr Rafferty neigte wirklich zu Gefühlsduseleien. Sie hatte nichts dagegen, vor der ausländischen Delegation dieses Gedicht aufzusagen – seit sie es ein paar Mal in der Klasse vorgetragen hatte, war auch das Lampenfieber verschwunden. Aber sie hatte absolut keine Lust, einen auf Gefühl zu machen und mit den Armen herumzufuchteln.

Dabei war es, wie Anastasia fand, ein durchaus schönes Gedicht. Allein schon der Satz *O Welt, so nah und fern zugleich* war großartig. *So* hatte sie schon oft gefühlt: glücklich, zufrieden, mit sich und der Welt im

Reinen. Aber im Gegensatz zu dem Dichter wären ihr die richtigen Worte, um diesen Zustand zu beschreiben, in tausend Jahren nicht in den Sinn gekommen.

Allerdings hatte Anastasias Vater, der selbst ein ziemlich bekannter Dichter war, nicht sehr ermutigend reagiert, als Anastasia ihm neulich das Gedicht vorgetragen hatte. Er hatte das Gesicht verzogen.

„Es liegt nicht an dir, Spatz", hatte er erklärt. „Du machst deine Sache gut. Es ist das Gedicht. Nichts als sentimentaler Schwachsinn. Ich verstehe nicht, warum Rafferty dir nichts Anspruchsvolleres aufgegeben hat."

„Zum Beispiel? Es muss etwas Erbauliches sein."

Mr Krupnik hatte die Stirn gerunzelt. „Etwas Erbauliches? Warum denn das?"

Anastasia hatte mit den Schultern gezuckt. „Keine Ahnung. Weil diese Lehrer aus Übersee zu Besuch sind, müssen wir etwas Patriotisches, Positives, Fröhliches und Erbauliches zum Besten geben."

„Wie zum Beispiel die Nazijugend?"

„Papa! Lass diese Anspielungen!"

Dr. Krupnik hatte seine Pfeife gestopft. „Entschuldige. Ich weiß nicht, warum ich diese dumme Bemerkung gemacht habe. Ist es nicht erstaunlich, dass einem manchmal ohne Vorwarnung etwas Dummes entschlüpft? Zuweilen ist Schweigen wirklich Gold. Trotzdem, dieses Gedicht gefällt mir nicht. Aber das ist natürlich Geschmackssache."

Anastasia hatte gekichert. „Stimmt, Gedichte sind wirklich Geschmackssache. Das beste Beispiel hierfür ist Sam. Sein Lieblingsgedicht ist *Ich bin Popeye, der Matrose.*"

Während sie nun vor ihrer Klasse stand, schoss

Anastasia kurz der Gedanke durch den Kopf, was wäre, wenn jemand auf die großartige Idee käme, der ausländischen Delegation ausgerechnet das Gedicht *Ich bin Popeye, der Matrose* vorzutragen. Nun ja, sie bestimmt nicht. Sie mochte *Oh Welt,* und morgen würde sie sich bemühen, es überzeugend und angemessen vorzutragen, obwohl sie mit Gesten sparsam umzugehen gedachte.

„Gut, Anastasia", sagte Mr Rafferty. „Das hat wunderbar geklappt. Allerdings wünschte ich mir, du würdest das Gedicht mit ein paar Gesten untermalen. Denk noch einmal darüber nach. Vielleicht änderst du deine Meinung. Möglicherweise wirst du erst beim Vortrag vor Publikum vom Gefühl überwältigt. Die Gesten ergeben sich dann ganz von selbst."

Anastasia nickte höflich und kehrte an ihren Platz zurück. Mit den Armen herumzufuchteln würde nie von selbst kommen, nicht bei ihr, Anastasia Krupnik!

Der Sportunterricht war wieder ein echter Reinfall. Das einzig Positive war die Tatsache, dass die Schülerinnen zur Abwechslung Jeans tragen durften, da ihre Turnanzüge zu Hause in der Wäsche waren.

Die große Enttäuschung war, dass Ms Willoughby Anastasia ihr Glück am Seil nicht einmal *versuchen* ließ. Sie drückte ihr sofort die Trillerpfeife in die Hand und bat sie anzupfeifen.

„Ms Willoughby", begann Anastasia entschlossen, „ich habe gestern in unserer Garage geübt, und ich glaube, ich kann jetzt ..."

Doch Ms Willoughby, die schöne, einfühlsame, nette, rücksichtsvolle Wilhelmina Willoughby, war schon an das andere Ende der Turnhalle geeilt, um ein paar Basketbälle wegzuräumen. Am morgigen Tag musste die Turnhalle picobello aussehen.

Enttäuscht drehte Anastasia sich zu ihren Mitschülerinnen um und legte sich die Schnur mit der Trillerpfeife um den Hals. Dann setzte sie die Pfeife an die Lippen und blies hinein. „Pfffft!“ Den Tränen nahe sah sie dabei zu, wie ihre Mitschülerinnen und Freundinnen schnell und sehr gelenkig die Seile hochkletterten.

An dem Seil in der Garage hatte sie *wirklich* schon beachtliche Fortschritte gemacht, überlegte Anastasia auf dem Nachhauseweg. Gestern hatte sie es – von ihrer Mutter angefeuert – mindestens bis auf halbe Höhe gebracht. Wenn sich Ms Willoughby nur weniger Sorgen um das untadelige Aussehen der Turnhalle gemacht und ihr zugehört hätte!

Anastasia nahm ihre Schultasche von der rechten in die linke Hand und gab sich ihren Tagträumen hin. Sie sah sich vor einem großen Publikum – mindestens hundert Lehrer aus aller Herren Länder (in Anastasias Vorstellung trugen die Lehrer aus unerfindlichen Gründen alle eine Uniform und machten sich Notizen). Nach der Seilvorführung ihrer Mitschülerinnen würde Anastasia einen Schritt vortreten, die verhasste Trillerpfeife noch immer um den Hals.

„Und nun“, würde sie sagen, woraufhin alle erstaunt von ihren Notizbüchern aufblicken würden, „zum Schluss noch eine ganz besondere Attraktion.“

„Pfffft! Pfffft!“ Sie würde zweimal kurz pfeifen. Ms Willoughby stünde in einer Ecke und blickte überrascht und bewundernd herüber.

„All dies verdanke ich Ms Wilhelmina Willoughby“, würde Anastasia verkünden und dabei die Pfeife weglegen. „Alles, was ich bin und kann, verdanke ich nur ihr.“ Nach diesen Worten würde möglicherweise Applaus ertönen, und Ms Willoughby würde erröten und sich mit einem leichten Kopfnicken bedanken.

Dann würde Anastasia auf das Seil zugehen, einen kleinen Sprung machen und es mit beiden Händen umklammern. Ihre Füße fänden sofort einen sicheren Halt, und sie würde wieselflink am Seil hochklettern, so geschmeidig, so behände und so rasch, dass die Zuschauer vor Staunen den Atem anhielten. Hoch über ihren Köpfen würde Anastasia die lauten Oooohs des Publikums hören, wenn sie artistengleich die schwierigste Herausforderung meisterte, die diese Turnhalle je gesehen hatte. Sie würde von einem Seil zum nächsten und wieder zum nächsten springen, hin und her, ab und zu eine kleine Drehung machen, dann einen Arm grazil ausstrecken und charmant lächelnd nach unten blicken.

Ein enger Body und rosafarbene Leggings würden sich wesentlich besser machen als ihr blauer Turndress, überlegte Anastasia. Aber eigentlich spielte die Kleidung keine Rolle. Viel wichtiger waren das Können, der Mut, die bewundernswerte Furchtlosigkeit und die meisterhafte Körperbeherrschung, mit denen sie die Menge tief unter sich beeindruckte.

„Mein nächstes Kunststück ...“, würde sie dann rufen. Nein, Moment mal, „Kunststück“ war nicht ganz der richtige Ausdruck. „Meine nächste Darbietung ist der besten Sportlehrerin der Welt gewidmet, Ms Wilhelmina Willoughby!“

Erwartungsvolles Schweigen legte sich über die Menge. Anastasia blickte hinunter zu Ms Willoughby, auf deren Gesicht ein Ausdruck von Freude, Stolz und Entzücken lag.

Halt, was würde sie als Nächstes machen? Vielleicht sollte sie sich mit einem kühnen Sprung vom Seil abstoßen, einen Salto in dieser beängstigenden Höhe machen und durch die Luft segeln bis zur Rückwand des Basketballbretts, wo sie ...

RUMS! Anastasias Tagträume endeten unsanft, als sie über die unterste Treppenstufe auf der Rückseite ihres Elternhauses stolperte. Die Blätter mit den Mathe-Hausaufgaben der letzten zwei Monate flogen aus dem Hefter in die Rhododendronbüsche. Anastasia hatte sich am Knie ihre Jeans aufgerissen, und der Ellbogen tat weh. Der tollste Sticker auf ihrem Hefter war zerrissen.

Während Anastasia noch ausgestreckt auf den Stufen lag, blickte sie sich verstohlen um. Die Vorhänge bei Mrs Stein im Nachbarhaus waren zum Glück bereits zugezogen! Mrs Stein konnte also nichts gesehen haben. Auch auf dem Gehweg war kein Mensch. Niemand schaute aus dem Küchenfenster des Krupnik'schen Hauses, das Garagentor war geschlossen. Sams Dreirad stand zwar noch auf dem Gartenweg, aber er selbst war nirgends zu sehen.

Sie konnte wirklich von Glück sagen! Es wäre schlimm gewesen, wenn sie bei ihrem peinlichen Sturz Zeugen gehabt hätte! Anastasia begann hastig, die ramponierten Bücher und Zettel einzusammeln, bevor jemand vorbeikommen und fragen würde, was passiert war. Gerade als sie die letzten Mathezettel wieder im Hefter verstaute, wurde die Hintertür geöffnet, und Onkel George trat heraus.

„Oh, grüß dich, Anastasia“, rief er. „Alles in Ordnung? Ich hörte mir gerade eine alte Billie-Holiday-Schallplatte deines Vaters an, als es plötzlich laut polterte."

Anastasia bemühte sich angestrengt zu lächeln, obwohl ihr Ellbogen und ihr Knie höllisch schmerzten. „Alles okay, Onkel George", sagte sie. „Ich habe eben nur einen kleinen Marsch geübt, den wir im Sportunterricht gelernt haben." *Poch, poch!* Anastasia ging hoch erhobenen Hauptes und mit rhythmischen, festen Schritten die Stufen zur Hintertür hinauf, die Onkel George für sie aufhielt.

„Ich liebe Märsche", sagte Onkel George wehmütig. „Sie erinnern mich an meine Zeit bei der Marine, damals, vor 35 Jahren."

„Wirklich? Mich erinnern sie an meine Turnlehrerin, der ich alles zu verdanken habe", erwiderte Anastasia. Tapfer ging sie im Marschschritt durch die Küche und geradewegs ins Badezimmer, wo sie sich das Blut am Ellbogen abwusch.

An diesem Abend, trotz ihrer noch schmerzenden Wunden und obwohl sie ganz allein in der Garage war, schaffte Anastasia es endlich. Wie schon am Vortag gelangte sie bis auf halbe Höhe. Und dann kletterte sie erstaunlicherweise einfach weiter. Irgendwie ging es plötzlich ganz leicht. Ihre Füße bekamen das Seil mühelos zu fassen, ihre Hände bewegten sich problemlos am Seil hinauf, und sie bekam auch keine Angst und wurde nicht langsamer – und mit einem Mal war sie oben an der Decke! Anastasia konnte es kaum fassen, berührte kurz den Holzbalken und ließ sich dann wieder hinabgleiten.

„Ich hab's geschafft!", rief sie, als sie in die Küche

stürmte, wo ihre Eltern und ihr Onkel nach dem Abendessen gerade einen Espresso tranken. „Schaut her!“

Triumphierend hielt sie ihren Zeigefinger hoch und zeigte als Beweis den Staub vor, der sich in vielen Jahren auf dem Deckenbalken angesammelt hatte. „Ich war *ganz oben*!“

Ihre Mutter nahm sie in den Arm. „Toll!“, rief sie. „Meinen Glückwunsch! Ich hab's gewusst!“

„Einsame Spitze!“, sagte ihr Vater stolz. „Ich habe nicht einen Moment gezweifelt, dass du es kannst!“

Onkel George schüttelte ihr anerkennend die Hand.

„Ich muss unbedingt Daphne anrufen“, rief Anastasia, „entschuldigt mich.“ Und schon stürmte sie in das Arbeitszimmer ihres Vaters, wo der Zweitapparat stand.

„Super“, meinte Daphne, nachdem sie die Neuigkeit erfahren hatte. „Du hast mir heute in der Turnhalle echt Leid getan. Es ist schrecklich, wenn alle anderen etwas können und man selbst nicht. Ich kenne das Gefühl vom Sommerlager, bevor ich damals schwimmen lernte. Ich gehörte immer noch zu den fortgeschrittenen Anfängern, während alle anderen Kinder in meinem Alter schon im Rettungsschwimmkurs waren.“

„Was meinst du?“, fragte Anastasia, „soll ich Ms Willoughby anrufen und es ihr sagen, damit ich morgen nicht anpfeifen muss, wenn die ausländische Delegation zuschaut?“

„Einen Lehrer zu Hause anrufen? Ich weiß nicht, das kommt mir komisch vor. Aber wahrscheinlich kannst du es tun, falls sie im Telefonbuch steht ... aber, warte mal, Anastasia, ich habe eine bessere Idee!“

„Und die wäre?“

„Überrasch sie doch einfach! Sie und alle anderen auch. Warte, bis alle fertig sind und dann – schließlich hast du die Pfeife – verkündest du, dass es einen Höhepunkt geben wird, und der bist *du*! Das wird die Willoughby umhauen. Sie ist ja fest davon überzeugt, dass bei dir die Koordination nicht stimmt.“

Das entsprach haargenau Anastasias Tagtraum, den sie heute auf dem Nachhauseweg gehabt hatte. „Man stelle sich das einmal vor“, dachte Anastasia, „Träume können doch wahr werden! Und das passierte wahrlich nicht allzu häufig!“

„Glaubst du nicht, dass sie dann sauer ist?“

„Die Willoughby? Sauer?“, rief Daphne lachend. „Die wird doch nie sauer, Anastasia. Sie wird es toll finden!“

Nach einigem Überlegen kam Anastasia zu dem Schluss, dass Daphne vermutlich Recht hatte. Vielleicht würde sie es tatsächlich wagen. Höchstwahrscheinlich sogar. Genau so wie in ihrem Tagtraum.

WER - WAS - WANN - WO - WARUM

In Anwesenheit einer großen und begeisterten ausländischen Lehrerdelegation legte Anastasia Krupnik die verhasste Trillerpfeife zur Seite und

Vor den Augen nicht nur einer großen Schar von Pädagogen aus aller Herren Länder, sondern auch einer sprachlosen Ms Wilhelmina Willoughby

Trotz kränkender Bemerkungen in der Trainingsphase wurde heute ein neuer Stern am Gymnastikhimmel geboren, als die 13-jährige Anastasia Krupnik eine große Schar von Zuschauern, unter denen sich auch die von ihr so geschätzte Turnlehrerin, Ms Wilhelmina Willoughby, befand, in große Verblüffung versetzte, indem sie ihre Trillerpfeife weglegte und wieselflink am Seil hinaufkletterte - bis hinauf in Schwindel erregende Höhen.

Zehn

Ausnahmsweise trug Anastasia an diesem Tag keine Jeans, als sie zur Schule ging. Den Schülern war zwar nicht ausdrücklich gesagt worden, sich besonders schick kleiden, aber die meisten taten es freiwillig. Fast alle Jungen trugen keine Jeans, sondern Leinenhosen und Hemden mit eingebügelten Falten im Ärmel. Viele der Mädchen hatten ein Kleid oder einen Rock an.

Lesley Ann Roth, die immer, immer, immer dieselbe Jordache-Jeans und ein Sweatshirt mit der Aufschrift *Brown-University* trug, hatte ein hübsches Laura-Ashley-Kleid an. Anastasia starrte überrascht auf Lesley Anns Beine und flüsterte Daphne ins Ohr: „Sie hat tatsächlich Haut! Ich dachte, sie bestünde am ganzen Körper aus Jeansstoff!"

Daphne flüsterte zurück: „Dieses Kleid kostet fast hundert Dollar. Ich hab's neulich in einem Geschäft anprobiert, aber meine Mutter weigerte sich, es mir zu kaufen. Sie sagte, damit könne man hundert Äthiopier einen Monat lang ernähren."

Anastasia kicherte. Sie stellte sich vor, wie hundert Äthiopier schmatzend das geblümte Laura-Ashley-Kleid kauten, obwohl ihr natürlich klar war, dass es nicht das war, was Mrs Bellingham gemeint hatte.

Eigentlich mochte Anastasia keine Kleider. Darin kam sie sich immer irgendwie komisch vor. Doch seit diesem Jahr, seit sie in der siebten Klasse war, hatte sie sich Ms Willoughbys Mehrlagenlook genauer angesehen und daheim in ihrem Zimmer heimlich versucht, ihn nachzuahmen. Bislang ohne großen Erfolg. Als sie einen Body anzog, dann ein Jeanshemd und einen Wickelrock mit Paisley-Muster (geklaut aus dem Schrank ihrer Mutter), des Weiteren einen Rollkragenpulli, darüber eine Baumwollbluse und zu guter Letzt eine ärmellose Wildlederweste (geklaut aus dem Schrank ihres Vaters) – nun, da konnte sie nur entsetzt aufstöhnen, wenn sie sich im großen Spiegel hinter ihrer Tür betrachtete. Sie sah aus wie eine Stadtstreicherin. Oder wie eine dicke Wurst. Sie sah aus wie jemand, der sechs Lagen Kleidung trug – was ja tatsächlich der Fall war. Doch warum sah Ms Willoughby so fantastisch aus, wenn sie sechs Kleidungsstücke übereinander trug?

Tja, das Leben gab einem so manches Rätsel auf, und allmählich begann Anastasia zu glauben, dass sie einige davon nie würde lösen können. Jedenfalls hatte sie für den heutigen Tag beschlossen, auf weitere Experimente zu verzichten und nur ihren langweiligen Jeansrock und eine langweilige Streifenbluse anzuziehen.

Aber sie fühlte sich trotzdem großartig. Sie fühlte sich großartig, weil sie heute vor einer Gruppe sehr wichtiger Lehrer aus Übersee ein großartiges Gedicht vortragen würde und danach *eventuell* – das heißt, *falls* sie sich traute – eine ganze Turnhalle voller Menschen, Wilhelmina Willoughby eingeschlossen, durch eine tollkühne Kletterpartie am Seil in Verblüffung setzen würde. *„Oh Welt"*, murmelte Anastasia selbstzufrieden vor sich hin, *„so nah und fern zugleich!"*

In der Schule war von der Lehrerdelegation nichts zu sehen, und auch im Aufenthaltsraum war noch nichts Näheres bekannt. „Vielleicht kommen sie gar nicht", überlegte Anastasia besorgt. „Vielleicht hat ihr Flugzeug Verspätung."

Doch dann knackte es in der Sprechanlage, und die Stimme der Rektorin ertönte: „Guten Morgen, liebe Schülerinnen und Schüler", sagte die Schulleiterin wesentlich freundlicher als sonst. „Ich weiß, dass ihr genau wie ich gespannt darauf wartet, unsere Besucher, die Internationale Kommission für Höhere Bildung, willkommen zu heißen. Stellt euch nur vor: Noch vor zwei Tagen waren unsere Gäste in Brüssel, Belgien, wo sie eine Schule besuchten, und morgen werden sie in Indianapolis sein. Es ist eine große Ehre für unsere Schule, dass ausgerechnet wir von ganz New England ausgewählt wurden!"

„Hör auf mit dem Gefasel, Mrs Atkins", dachte Anastasia. „Gib dich so, wie du sonst auch bist, nämlich zynisch und rechthaberisch. Was ist mit den üblichen Strafpredigten wegen der Abfälle auf dem Schulhof und der Graffiti in den Toiletten? Wie wär's, wenn du wie üblich verkündest, was es heute in der Schulkantine zu essen gibt: weiße Bohnen aus der Dose und eine Scheibe kalte Pizza, damit die Internationale Kommission für Höhere Bildung großzügig in Erwägung zieht, uns in Zukunft Lebensmittelpakete zu schicken?"

Doch Mrs Atkins hatte ihre Ansage schon beendet, und für Anastasia war es nun höchste Zeit, ihre Sachen zu nehmen und zum Englischunterricht in die Klasse zu gehen.

Selbst Mr Rafferty hatte sich anlässlich des hohen

Besuchs in Schale geworfen und trug statt seiner üblichen zerknitterten, mit Tintenflecken besudelten legeren Kleidung einen sorgfältig gebügelten dunklen Anzug sowie eine Fliege mit winzigen Segelbooten. „Guten Morgen, Kinder", sagte er nervös, als seine Siebtklässler ins Klassenzimmer marschiert kamen.

Hinten im Raum, gegen eine wenig genutzte Tafel gelehnt, standen sechs Fremde, vier Männer und zwei Frauen. Sie hatten Notizblöcke in der Hand, genau wie Anastasia es sich in ihrem Tagtraum vorgestellt hatte. Aber sie trugen keine Uniformen, sondern waren ganz normal gekleidet. Sie sahen aus wie normale Menschen. Schüchtern lächelte Anastasia eine der Frauen an, die zu ihr herüberblickte, und die Frau lächelte zurück.

„Gut, Kinder", sagte Mr Rafferty und räusperte sich. „Wir werden heute nicht mit Grammatik und Zeichensetzung fortfahren, sondern uns zur Abwechslung wieder einmal mit Gedichten beschäftigen."

Etliche Schüler begannen zu kichern. Mr Rafferty tat so, als hätte er sich ganz spontan für den Gedichtvortrag entschieden. Dabei schikanierte er die Klasse seit mindestens drei Wochen damit, wie wichtig es wäre, dass jeder sein Gedicht auswendig aufsagen konnte.

„Oh Welt", dachte Anastasia. Sie kannte ihr Gedicht längst in- und auswendig. Sie hätte es wahrscheinlich sogar rückwärts aufsagen können. Inständig hoffte sie, Mr Rafferty würde sie als Erste aufrufen.

Aber das tat er nicht. „Emily Ewing?", sagte er stattdessen.

Der Liebling aller Lehrer, die supertolle, untadelige

Emily Ewing, die jedes Jahr in den Osterferien mit ihren Eltern auf die Bermudas flog, erhob sich und ging nach vorne. Ihre langen, glatten, braunen Haare glänzten und schimmerten. Einmal hatte Anastasia in einer Zeitschrift eine Anzeige gelesen, bei der es um eine komische Sekte in Kalifornien gegangen war. Die Sekte versprach „Vollkommenes Glück". Daraufhin hatte Anastasia sich gedacht, dass sie gar nicht nach Kalifornien gehen und dieser Sekte beitreten musste; ihr Glück wäre schon vollkommen, wenn ihre Haare so wie die von Emily Ewing aussähen.

Emily schenkte den Besuchern hinten im Raum ein bezauberndes Lächeln und begann mit ihrem Gedicht.

„Wess' Wälder dies sind, glaub ich zu wissen, sein Haus im Dorf ..."

Anastasia hatte Mühe, ein Gähnen zu unterdrücken, und hielt sich vorsichtshalber die Hand vor den Mund, während Emily sich tapfer durch alle Strophen ihres Gedichts kämpfte. Im Grunde genommen war es kein schlechtes Gedicht, und Anastasia kam zu dem Schluss, dass es ihr nichts ausgemacht hätte, wenn Mr Rafferty es ihr statt *Oh Welt* aufgegeben hätte.

Emily hielt sich an die Vorschläge, die Mr Rafferty ihr bei der Generalprobe gemacht hatte: Sie sprach sehr leise, da es in dem Gedicht um verschneite, stille Wälder ging.

„Bevor ich dann zu Bette geh, leg Meilen ich zurück", flüsterte sie zum Abschluss. *„Bevor ich dann zu Bette geh, leg Meilen ich zurück."* Wieder schenkte Emily den Besuchern ein charmantes Lächeln – „Himmel!", dachte Anastasia, „Es würde mich nicht wundern,

wenn sie auch noch einen Knicks macht!" – ehe sie an ihren Platz zurückkehrte.

„Vielleicht komme ich jetzt dran – Krupnik, Krupnik, Krupnik", dachte Anastasia beschwörend und hoffte, Mr Rafferty mittels Telepathie beeinflussen zu können.

Doch Mr Rafferty kam gar nicht zu Wort. Einer der ausländischen Besucher mischte sich ein. Sein Amerikanisch hatte einen stark deutschen Akzent. Seine *W*'s hörten sich alle wie *V*'s an.

„Vir vürden Miss ... vie hieß sie ... Juhing gern ein paar Fragen stellen."

Mr Rafferty schien verblüfft, und Emily Ewing nicht minder. Sie drehte den Kopf und blickte nach hinten.

„Vürdest du bitte aufstehen?", bat der Mann.

Emily Ewing erhob sich.

„Varum glaubst du, vird in diesem Gedicht die letzte Zeile viederholt? Venn ich mich nicht irre, kommt keine andere Zeile zveimal vor, richtig?"

„Ja, Sir, das ist richtig", bestätigte Emily.

Der Mann wartete darauf, dass sie seine Frage beantwortete. Emily war anzusehen, dass sie am liebsten im Erdboden versunken wäre. Mit aufgeschlagenen Notizbüchern und gezückten Kugelschreibern schauten die sechs Lehrer Emily fragend an.

Mr Rafferty war ganz blass. Seine Lippen verbogen sich zu einem gequälten Lächeln. „Emily?", fragte er hoffnungsvoll.

„Ah, nun ... ich nehme an, dass Frost diese letzte Zeile wiederholt hat, weil alle anderen Strophen vier Zeilen haben, und wenn er die letzte Zeile nicht wiederholt hätte, dann hätte die letzte Strophe nur drei

Zeilen gehabt ..." Emilys Stimme war zunehmend unsicherer geworden.

„Ist dir nicht klar", sagte der Besucher eindringlich, „dass dadurch ein anderer Rhythmus in diese Endzeile kommt? Varum hat Frost so etvas getan? Var er vielleicht ... vielleicht ein schlechter Dichter?" Der Mann kicherte amüsiert.

„Oh, nein, das glaube ich nicht", erwiderte Emily kleinlaut. „Aber ich weiß nicht, warum er das mit der letzten Zeile gemacht hat."

„Danke", sagte der Mann und blickte zu seinen Kollegen. Diese nickten zustimmend und machten sich Notizen. Emily setzte sich wieder.

„Ruf mich auf, mich, mich!", befahl Anastasia Mr Rafferty per Gedankenkraft. Sie sah, dass ihr Lehrer seinen Blick unsicher über die Klasse schweifen ließ und sich überlegte, wen er als Nächstes drannehmen sollte. „Ich kann mein Gedicht in- und auswendig", versuchte sie ihm telepathisch mitzuteilen, „und ich kann auch alle Fragen beantworten, die sie mir stellen. Ich *weiß*, dass ich es kann."

Doch Mr Rafferty hatte nichts Besseres zu tun, als Jacob Berman aufzurufen, den größten Langweiler der Klasse.

Jacob schleppte sich nach vorne, baute sich breitbeinig auf, rückte seine Brille zurecht, holte tief Luft und begann mit seiner Singsangstimme:

„Ruhig liegt die See in dieser Nacht. Vom Mondschein selig angelacht ..."

Die ausländischen Besucher lächelten zufrieden und nickten, weil sie das Gedicht erkannten. Anastasia stöhnte innerlich auf, weil sie es ebenfalls erkannte. Es war nämlich mit Abstand das längste Gedicht, das Mr Rafferty aufgegeben hatte. Jacob Berman zeichnete sich durch zwei Eigenschaften aus: sein widerliches Nasebohren und sein phänomenales Gedächtnis. Anastasia war klar, dass Mr Rafferty Jacob nur deshalb aufgerufen hatte, weil er hundertprozentig sicher sein konnte, dass Jacob keine einzige Zeile seines endlos langen Gedichts vergessen würde.

Mist! Jacob leierte weiter und weiter, während Anastasia einen verstohlenen Blick auf ihre Uhr warf. Die Zeit würde niemals ausreichen, um alle Schüler zu Wort kommen zu lassen. Wieder hoffte sie inständig, sie würde die Nächste sein.

„Ach, teuere Liebste mein, lass ewig treu uns sein!", rezitierte Jacob gerade mit eintöniger Stimme. Aus den Reihen der Mitschüler hörte man unterdrücktes Kichern. Die Worte „Ach, teuere Liebste mein, lass ewig treu uns sein!" aus Jacob Bermans Mund zu hören war das Komischste, was man sich vorstellen konnte. Wenn die ausländischen Gäste nicht hinten im Klassenzimmer gestanden hätten, wären alle Schüler vor Lachen von ihren Stühlen gefallen.

Zum Glück kam Jacob irgendwann doch zum Ende. „Und jetzt ich", dachte Anastasia, „ich, bitte!"

Doch eine der Frauen, die grauhaarige in dem geblümten Seidenkleid, sagte: „Jacob, richtig?"

Jacob nickte verlegen.

„Ein ausgezeichneter Vortrag. Aber betrachten wir nun die Erwähnung von Sophokles in der zweiten Strophe", fuhr die Frau in einem abgehackten, nüchternen britischen Akzent fort. „Kannst du uns erklären, warum Matthew Arnold auf ihn Bezug nimmt?"

Anastasia sah, wie Mr Rafferty sich verkrampfte und erst wieder entspannte, als Jacob zu einer für ihn typischen, abgrundtief langweiligen Erklärung ansetzte, wobei er sämtliche Register seines unglaublichen Gedächtnisses zog.

„Nun, Sophokles war ein altgriechischer Dramatiker, dem sieben große Tragödien aus dem vierten Jahrhundert vor Christus zugeschrieben werden“, begann Jacob. „Deshalb war ihm das menschliche Elend, auf das Arnold ein paar Zeilen weiter unten anspielt, nicht fremd.“ Anastasia registrierte, dass die ausländischen Besucher sich wie wild Notizen machten.

„Zum Teufel mit dem menschlichen Elend“, dachte Anastasia. „Wie wär's endlich mal mit menschlicher Freude? Wie wär's mit *Oh Welt! So nah und fern zugleich*?“

„... und wenn man das Gedicht mit Sophokles' *Antigone* vergleicht“, fuhr Jacob unverdrossen fort, „entdeckt man eine überraschende sprachliche Verwandtschaft, besonders in der sechsten Zeile, wo Arnold ...“

Mr Rafferty strahlte wie ein Maikäfer im Sonnenschein. Die Besucher waren über ihre Notizbücher gebeugt und schrieben eifrig mit. Emily Ewing zog eine Schnute. Alle anderen blickten gelangweilt drein.

Und dann plötzlich – Anastasia konnte es kaum glauben, aber ein Blick auf die große Wanduhr bestätigte ihr, dass es wahr war – ertönte die Schulglocke, und die Stunde war um!

WER - WAS - WANN - WO - WARUM

Den ausländischen Besuchern des hiesigen Gymnasiums entging aus Zeitgründen ein wahrer Leckerbissen, weil

Dass Jacob Berman mit seinem langatmigen Gedicht von Matthew Arnold und seinen noch langatmigeren Erklärungen übermäßig viel Zeit beanspruchte, war am heutigen Morgen der Grund dafür, dass

In ihrer Enttäuschung über den engen Zeitrahmen, der den Vortrag ihres auswendig gelernten Gedichts während des Besuchs der internationalen Delegation unmöglich machte, entwarf die 13-jährige Anastasia Krupnik einen kühnen Plan, der nicht nur die ausländischen Gäste, sondern auch ihre Mitschüler, darunter Daphne Bellingham, sowie ihre Sportlehrerin, Ms Wilhelmina Willoughby, aufs Äußerste überraschen würde.

Elf

„Mann, bin ich froh, dass Rafferty mich nicht aufgerufen hat“, flüsterte Sonya Isaacson erleichtert, als sie aus dem Klassenzimmer gingen. „Ich hätte mich garantiert andauernd verhaspelt.“

„Ich hätte mein Gedicht auch nicht gekonnt“, gestand Daphne. „Ich wollte es gestern Abend noch auswendig lernen, aber dann kam im Fernsehen so ein spannender Film ...“

„Aber es war ja klar, dass er zuerst Emily und Jacob, diese Streber, drannehmen würde“, sagte Meredith. „Schaut mal, wie fürchterlich mein Turndress aussieht. Meine Mutter hat ihn gebügelt!“ Sie hielt den fein säuberlich gefalteten Anzug hoch und schnitt eine Grimasse.

„Die Willoughby wird begeistert sein“, meinte Daphne grinsend. „Hey, Anastasia, hast du dir schon überlegt, wie dein großer Auftritt ablaufen soll?“

„Was meinst du?“, fragte Sonja. „Anastasia wird anpfeifen, und wir werden uns alle blamieren, wenn wir uns am Seil hochhangeln.“

Daphne grinste. „Anastasia hat eine Überraschung geplant“, flüsterte sie.

„Was? Was ist es?“ Sonya und Meredith blickten gespannt auf Anastasia. „Was für eine Überraschung?“

Doch Anastasia schüttelte den Kopf. Sie wollte nicht

darüber reden. Die Englischstunde hatte sie deprimiert. Sie hatte dieses Gedicht geübt und geübt und geübt und ihre übliche Schüchternheit so weit überwunden, dass sie geradezu darauf versessen gewesen war, es öffentlich vorzutragen – genau heute, vor den ausländischen Besuchern.

Die Schulglocke ertönte. „Geht schon mal vor", sagte Anastasia zu ihren Freundinnen. „Ich komme gleich nach."

„Beeil dich!", rief Meredith. „Wir haben der Willoughby versprochen, pünktlich zu sein."

Anastasia nickte. Sie wollte allein in die Turnhalle gehen, denn sie brauchte noch Zeit zum Nachdenken.

Vielleicht war es besser, wenn sie auf ihren großen Auftritt verzichtete, um Ms Willoughby vor den ausländischen Gästen nicht in Verlegenheit zu bringen. Am besten, sie machte gute Miene zum bösen Spiel und pfiff tatsächlich nur brav an – wie es ihr aufgetragen worden war.

Verflixt, wenn sie wenigstens ihr Gedicht hätte vortragen dürfen, dann würde ihr die Pfeiferei weniger ausmachen. So aber sah die Sache anders aus. Wenn sie nicht selbst etwas daran änderte, würde der Tag vorübergehen, und kein Mensch würde auf sie aufmerksam werden. Sie wäre ein Nichts, ein passiver Teilnehmer, ein Zuschauer, so gut wie nicht vorhanden, unsichtbar.

Wenn die ausländischen Besucher nach ihrem USA-Besuch wieder zu Hause in Berlin oder Brüssel oder Liverpool oder wo auch immer wären, woran würden sie dann denken? Höchstens an ...

Jawohl, an Jacob Berman. Sie würden denken: „Dieser großartige, intelligente Junge aus dem Gymnasium eines Bostoner Vororts; dieser hoch begabte Junge, der lange Passagen von Sophokles auswendig dahersagen konnte ... man stelle sich das einmal vor!"

Und dann würden sie noch denken an ...

Richtig – an Emily Ewing. Sie würden denken: „Dieses tolle Mädchen mit den makellosen Zähnen und den glatten, schimmernden, langen Haaren; schade, dass sie nicht viel über ihr Gedicht zu sagen wusste, aber trotzdem ..."

Doch wenn jemand zufällig fragen würde: „Was war mit Anastasia Krupnik?", dann würden sie sich am Kopf kratzen. Sie würden die Stirn runzeln und fragen: „WER?"

Diesen Gedanken fand Anastasia unerträglich. Das Schlimmste auf der Welt, fand sie, war, wenn die Nennung des eigenen Namens bei anderen nur Stirnrunzeln und ein fragendes WER hervorrief.

Aus diesem Grund beschloss Anastasia, ihren großen Auftritt doch zu wagen. Und sie hoffte, dass er so ablaufen würde, dass Ms Wilhelmina Willoughby stolz auf sie sein konnte.

Es waren andere Besucher anwesend als vorhin in der Englischstunde, wie Anastasia feststellte, als sie hinter ihren Mitschülerinnen die Turnhalle betrat. Alle Mädchen trugen saubere und gebügelte Gymnastikanzüge, weiße Socken und frisch gewaschene, schneeweiße Turnschuhe.

Jenny Billings hatte versucht, sich mit der Ausrede durchzumogeln, ihre weißen Socken daheim vergessen zu haben. „Tut mir Leid, Ms Willoughby", hatte sie sich im Umkleideraum mit einem Grinsen entschuldigt, „aber ich habe meine weißen Socken vergessen. Da bleibt mir wohl nichts anderes übrig, als meine gestreiften anzuziehen."

„Null Chance, meine Süße", hatte Ms Willoughby geantwortet. „Hier, ich kann aushelfen." Mit diesen Worten hatte sie ein brandneues Paar weißer Socken aus ihrer Sporttasche geholt, die Jenny zähneknirschend in Empfang genommen und angezogen hatte.

Als Anastasia sich zusammen mit den anderen aufstellte, warf sie einen Blick auf die Besucher, die in einer Reihe auf der Tribüne saßen. Ms Willoughby hielt einen kleinen Vortrag über die einzelnen Disziplinen, die sie im Sportunterricht bisher durchgenommen hatten.

Wie üblich machten sich die Besucher Notizen. Diesmal waren zwei Japaner dabei – vielleicht auch Chinesen, da war sich Anastasia nicht so sicher – und eine große schwarze Frau in einem afrikanischen Gewand. Des Weiteren war eine Frau in einem indischen Sari anwesend, die einen langen geflochtenen Zopf im Nacken und einen roten Punkt auf der Stirn hatte.

Während Anastasia dastand und alle ihre langen, dünnen Beine sehen konnten – die dünnsten Beine der ganzen Welt, davon war sie überzeugt – während sie sich halb nackt und ziemlich hässlich vorkam, fragte sie sich unwillkürlich, ob die Kinder in anderen Ländern im Sportunterricht auch diese dummen blauen Turnanzüge tragen mussten. Die ausländischen Besucher kritzelten eifrig in ihre Notizhefte.

„Das große Mädchen mit der Brille am Ende der sechsten Reihe", schrieben sie bestimmt gerade, „ist das einzige, das eine Schnur um den Hals hat. Dünnste Beine der Welt. Sieht ungelenkig aus. Garantiert kein Talent zum Seilklettern."

„Ha! Wartet nur, bis ich es euch zeige. Euch allen, einschließlich Ms Wilhelmina Willoughby."

„Und jetzt ...", schloss Ms Willoughby gerade ihre Ausführungen ab, „werden die Mädchen Ihnen das Seilklettern vorführen. Anastasia Krupnik, die am Ende der sechsten Reihe steht, hat sich freundlicherweise bereit erklärt, die Übung zu leiten. Anastasia, würdest du bitte vortreten?"

Anastasia verspürte eine Welle von Zuneigung zu Ms Willoughby, die so taktvoll wie nur möglich vorgegangen war, damit es sich so anhörte, als könnte niemand sonst als Anastasia diese wichtige Aufgabe übernehmen. Was natürlich die grausame Wahrheit auch nicht beschönigen konnte, dass sie nämlich anpfiff, weil sie es beim besten Willen noch nie geschafft hatte, höher als fünfzig Zentimeter über dem Boden zu schaukeln.

„Ms Willoughby würde vor Staunen gleich Mund und Augen aufreißen", dachte Anastasia voller Vorfreude.

Sie trat nach vorne an die Stelle, die Ms Willoughby angedeutet hatte, während die Lehrerin sich zu den ausländischen Besuchern auf die Tribüne setzte.

„Pffft!" Anastasia blies kurz in die Trillerpfeife, und die ersten sechs Mädchen rannten zu den Seilen und begannen zu klettern.

Während des Zuschauens fiel Anastasia mit einem Mal auf, dass das Seilklettern eigentlich eine ziemlich schwachsinnige Übung war. Wie oft im richtigen Leben musste man schon an einem Seil hochklettern? Wie viele der Mädchen ihrer Klasse würden später Bergsteigerinnen werden? Wie viele würden irgendwann aus einem Gefängnis ausbrechen müssen?

(Höchstens Daphne, wenn sie nie über ihre Jugendsünden hinauskommen würde.) Wie viele würden je im Leben von einem Hubschrauber von einem Dach gerettet werden? Wie viele würden ...

Rums, rums, rums, rums, rums, rums. Nacheinander sprangen Sonya, Jenny, Erin, Edith, Marie und Julie vom Seil auf die Matten und eilten dann wieder an ihre Plätze zurück.

Und weiter. „Pfffft." Das Anpfeifen war echt langweilig. Doch zumindest ging das Ganze so rasch über die Bühne, überlegte Anastasia, dass bestimmt noch genügend Zeit für ihren großen Auftritt bleiben würde.

Sie bemühte sich, halbwegs interessiert und aufmerksam zuzuschauen, wie Karen, Daphne, Melissa, Liz und die Wilcox-Zwillinge am Seil hochkletterten.

Und in null Komma nichts sprangen auch diese sechs wieder auf die Matten.

„Pffft." Die dritte Gruppe der Mädchen war an der Reihe. Anastasia holte vorsichtshalber schon einmal tief Luft. Sie war nicht direkt ängstlich, sagte sie sich, höchstens ein bisschen nervös. Schließlich war sie erst einmal am Seil in der Garage hochgeklettert, und das war nicht annähernd so lang wie das hier in der Turnhalle.

Und schon waren auch diese sechs Mädchen wieder auf dem Boden gelandet.

„Pffft." Die letzte Gruppe – diesmal nur vier Mädchen – rannte an die Seile. Es waren Meredith, Jessica, Bonnie und Mary Ellen.

Anastasia vergewisserte sich mit einem raschen Blick, ob die ausländischen Besucher auch aufmerksam zuschauten. Einer der beiden Japaner blickte auf seine Uhr, aber Anastasia sagte sich, dass dies bestimmt nicht bedeutete, dass ihm langweilig war. Wahrscheinlich freute er sich nur über seine Uhr, da sie vermutlich „Made in Japan" war. Anastasias Vater hatte auch eine japanische Uhr, und diese konnte so viele digitale Sachen, dass Dr. Krupnik gesagt hatte, er wundere sich, dass sie nicht auch japanische Kurzgedichte schreiben könne.

Rums. Meredith landete auf der Matte.

Rums. Bonnie kam auf dem Boden auf.

Rums, rums. Jessica und Mary Ellen sprangen gleichzeitig von den Seilen. Die vier Mädchen kehrten in ihre Gruppen zurück.

Anastasia sah, dass Ms Willoughby sich erhob. Gleich würde sie bei ihren Schülerinnen sein. Okay, jetzt oder nie! Anastasia wusste, dass ihre Lehrerin sich nun bei den Mädchen und den ausländischen Besuchern bedanken würde, und dann dürften alle gehen.

„PFFFFT!" Anastasia blies mit voller Kraft in ihre Trillerpfeife. Ms Willoughby blickte erstaunt herüber. Die Dame im Sari zuckte zusammen. Alle zweiundzwanzig Mädchen im blauen Turndress sahen verwundert auf Anastasia und fragten sich, was los war. Daphnes Lippen formten unhörbar das Wort „Los!".

Anastasia trat einen Schritt vor und blickte entschlossen zu den Zuschauern auf der Tribüne. Ms Willoughby machte Anstalten, sich wieder zu setzen, erhob sich dann erneut und sank schließlich verwirrt auf ihren Sitz.

„Also ...", begann Anastasia, „es gibt noch eine letzte Vorführung, und zwar von mir."

Niemand machte sich eine Notiz. Doch die Hände

der ausländischen Besucher schwebten erwartungsvoll über den Notizbüchern.

„Ich möchte vorausschicken", fuhr Anastasia todesmutig fort, „dass ich nur deshalb anpfeifen durfte, weil es so aussah, als wäre ich niemals in der Lage, das Klettern zu lernen. Ich versuchte es immer wieder, aber ich baumelte nur kraftlos über dem Boden. Meine Füße bekamen das Seil nie richtig zu fassen, und mir taten ständig die Arme weh."

Anastasia holte tief Luft, ehe sie fortfuhr: „Doch dann hat ... Ms Wilhelmina Willoughby, unsere Turnlehrerin, die dort rechts von Ihnen sitzt ... nun ja, sie hat mich immer wieder ermutigt, und eines Tages begann ich dann, daheim zu üben. Sie versicherte mir, dass ich es eines Tages schaffen würde. Ich habe es nicht wirklich geglaubt, aber ich habe es trotzdem versucht und hm ... nun ja ..."

Anastasia verstummte. Ihr fiel nichts mehr ein. „Nun ja, sehen Sie selbst", sagte sie schließlich. „Sie werden staunen!"

Anastasia drehte sich um und ging zu dem Seil, das am nächsten hing. Plötzlich fiel ihr wieder ein, was sie unbedingt noch sagen musste.

„Das alles verdanke ich nur meiner Turnlehrerin, Ms Wilhelmina Willoughby", rief sie mit lauter Stimme. Dann machte sie einen Sprung und umklammerte das Seil so weit oben, wie sie nur konnte.

Im ersten Moment hing sie nur baumelnd da, wie schon so oft. Doch dann erinnerte sie sich daran, wie es gestern in der Garage plötzlich fast wie von selbst geklappt hatte. Vorsichtig tastete sie mit den Füßen und Beinen nach dem Seil.

Okay. Da war es – das Seil, und ihre Turnschuhe

bekamen es zu fassen. Das Gefühl kehrte zurück, dasselbe Gefühl von Kraft und Körperbeherrschung, das sie am gestrigen Abend verspürt hatte. Da wusste sie, dass sie es schaffen würde.

Und hoch. Anastasia spannte die Armmuskeln an und merkte, wie sie ein Stück höher kam. Und noch höher. Ihre Füße umklammerten das Seil weiter oben, und ihre Beinmuskulatur schob sie nach oben.

Und höher. Ihre Hände arbeiteten erstaunlich sicher, ihre Beine bewegten sich genau richtig, und sie gewann an Tempo.

Und noch höher. Anastasia war jetzt schon höher, als das Seil in der Garage lang war. Noch lag ein beträchtliches Stück vor ihr, doch sie wusste, sie würde es schaffen! Unter sich hörte sie das Geraune ihrer Mitschülerinnen. Sie hatten es mit links geschafft, am Seil hochzuklettern. Jede von ihnen aber hatte x-mal Anastasias klägliche Versuche mit ansehen können.

Anastasia bemerkte, dass sie ins Schwitzen kam und dass ihre Brille verrutschte. Aber das machte nichts. Sie brauchte nichts zu sehen. Sie musste nur das dicke Seil in ihren nunmehr sicheren Händen fühlen und dann irgendwann den Knoten am oberen Ende spüren, der ihr sagen würde, dass sie es bis an die Decke geschafft hatte.

Hier, da war er, der Knoten. Anastasia war ganz oben am Seil angelangt, an einer Stelle, von der sie nie im Leben geglaubt hatte, dass sie sie einmal erreichen würde. Ihre Lehrerin hatte völlig Recht gehabt mit ihren Worten: „Eines Tages wirst du über dich selbst staunen, Anastasia."

„Es stimmt", dachte Anastasia jetzt. „Ich staune über mich selbst. Noch vor einer Woche war ich felsenfest davon überzeugt, niemals so hoch zu kommen, und jetzt bin ich da, und das vor den Augen so vieler Zuschauer. Ich hab's geschafft! Dies ist der glücklichste Augenblick meines Lebens. Und ich bin auch froh darüber, dass ich mein Gedicht vorhin nicht vortragen konnte, denn erst *jetzt* ist der passende Moment gekommen."

„Oh Welt!", rief Anastasia beglückt aus. *„So nah und fern zugleich!"*

Und es kam genau so, wie Mr Rafferty vorhergesagt hatte. Jetzt, wo sie ihr Gedicht voll Inbrunst und mit viel Gefühl rezitierte, kamen die Gesten wie von selbst. Selbstvergessen breitete Anastasia ihre Arme aus.

Und stürzte ins Leere.

WER - WAS - WANN - WO - WARUM

Nachdem sie an diesem Morgen ihrem Publikum begeisterten Applaus und Jubelrufe entlockt hatte, war Anast

Obwohl sie großartig angepfiffen und wenig später das Klettern am Seil brillant gemeistert hatte, geriet die 13-jährige Anastasia Krupnik aus unerklärlichen Gründen auf dem Weg nach unten in Schwierigkeiten

Am heutigen Morgen erlitt die 13-jährige Anastasia Krupnik einen tragischen Unfall, als sie vor den Augen ihrer Mitschülerinnen und einer Schar ausländischer Besucher auf der Zuschauertribüne sowie in Anwesenheit von Ms Wilhelmina Willoughby von der Decke der Turnhalle stürzte. Infolgedessen konnte Anastasia Krupnik ihr sorgfältig einstudiertes Gedicht leider nicht zu Ende aufsagen.

Zwölf

Als Anastasia die Augen aufschlug, blickte sie an eine Decke, die sie mit Sicherheit nie zuvor gesehen hatte. Da sie wenig Lust verspürte, den Kopf zu drehen, der entsetzlich wehtat – besonders wenn man bedachte, dass es nur *ein* Kopf war – ließ sie ihre Augen vorsichtig zuerst nach links und dann nach rechts wandern.

Auf der einen Seite entdeckte sie einen ihr fremden Nachttisch und einen ihr unbekannten Wandkalender. Auf der anderen Seite erblickte sie ein ihr unbekanntes Fenster mit ihr unbekannten Vorhängen, und durch das Fenster sah sie einen Teil eines ihr unbekannten Baumes.

Sie lag, wie sie feststellen musste, in einem Bett – einem ihr unbekannten Bett. Am Fuß des Bettes stand eine Frau – eine ihr unbekannte Frau mit grau melierten Haaren – und blickte besorgt auf sie herab.

„Na großartig", dachte Anastasia im Stillen. „Gleich bekomme ich die saftigste Strafpredigt meines Lebens zu hören. Am besten, ich bringe es sofort hinter mich."

Sie seufzte. „Wo bin ich?", fragte sie leise.

Die Frau kam einen Schritt näher und lächelte. „Hallo", sagte sie. „Du bist im Krankenhaus. Ich bin Dr. McCartin."

Die Ärztin beugte sich über Anastasia und leuchtete ihr mit einer kleinen Taschenlampe in die Augen. Anastasia konnte das Parfüm der Ärztin riechen.

Dann trat Dr. McCartin etwas zurück. „Erinnerst du dich daran, was passiert ist?“, fragte sie.

Anastasia runzelte die Stirn und überlegte angestrengt. Richtig, sie erinnerte sich an etwas, aber nur vage. Zuerst fielen ihr die Englischstunde und der langweilige Jacob Berman ein; danach war sie mit den anderen Mädchen in die Turnhalle gegangen – oh ja, richtig, die Turnhalle; das war's. Sie hatte angepfiffen – schon bei dem Gedanken daran wurden ihre Kopfschmerzen noch unerträglicher –, und dann hatte sie diese dummen Sachen gesagt, und danach war sie ...

War sie wirklich? Oder fantasierte sie es nur zusammen?

„Ich bin am Seil in der Turnhalle hochgeklettert, glaube ich“, sagte Anastasia schließlich zögernd.

„Gut“, kam es von der Ärztin.

„Was heißt hier *gut*? Es war *super*!“, stellte Anastasia richtig. „Ist Ihnen klar, dass ich monatelang vergeblich versucht habe, klettern zu lernen?“ Sie versuchte, sich auf die Ellbogen aufzustützen, hielt aber mitten in der Bewegung inne. „Au. Mein Kopf tut fürchterlich weh“, jammerte sie.

Die Ärztin legte eine Manschette um Anastasias rechten Arm und pumpte sie auf. „Pssst“, sagte sie besänftigend. „Leg dich wieder hin.“

Anastasia ließ sich auf das Kissen zurücksinken. „Ich bin heruntergefallen“, dachte sie plötzlich. „Ich muss vom Seil gestürzt sein.“

Ihr fiel ein, wie Sam damals im Sommer aus dem Fenster im ersten Stock gefallen war und mit Blaulicht ins Krankenhaus gefahren wurde. Und nun war ihr praktisch dasselbe zugestoßen. „Wie konnte ich nur so dumm sein? Bestimmt machen sich meine Eltern jetzt dieselben Sorgen wie damals, als Sam mit Schädelbruch eingeliefert worden war und operiert werden musste und ..."

„Oh nein", keuchte sie entsetzt.

Die Ärztin nahm das Stethoskop aus den Ohren und blickte Anastasia fragend an. „Was ist los?", erkundigte sie sich. „Ich meine, abgesehen von deinen Kopfschmerzen?"

„Ich werde mich zusammenreißen", nahm Anastasia sich vor. „Ich werde mich wie ein großes Mädchen benehmen. Ich werde nicht weinen. Ich werde es schon ertragen, mit einem Turban herumlaufen zu müssen."

„Sie müssen mir alle Haare abrasieren, stimmt's?", fragte sie mit kläglicher Stimme.

Dr. McCartin blickte überrascht drein. „Um Himmels willen", sagte sie. „Wie kommst du darauf? Du hast nur eine Gehirnerschütterung. In ein paar Stunden kannst du wieder nach Hause gehen, aber nur, wenn du mir versprichst, für die nächsten Tage kein Seil mehr anzurühren."

Anastasia gab ein leises Knurren von sich.

„Meinst du, du schaffst es, dich aufzusetzen? Draußen im Gang warten ein paar Leute, die dich unbedingt sehen wollen. Soll ich sie hereinlassen?"

Dr. McCartin kurbelte das obere Ende des Bettes hoch. Anastasia wurde kurz schwindlig, aber das hielt zum Glück nicht lange an. Das Pochen in ihrem Kopf verstärkte sich, war aber auszuhalten. Vorsichtig tastete sie ihren Kopf ab. Sie entdeckte eine Beule und eine wunde Stelle, aber ihre Haare waren zum Glück noch da.

„Klar“, sagte Anastasia und fühlte sich ein bisschen wie eine Königin, „lassen Sie sie ruhig herein.“

Mit einem gewissen Stolz ließ Anastasia von ihrem Ehrenplatz im Bett aus den Blick über das Krankenzimmer schweifen. Es war wirklich verblüffend. Noch nie in ihren dreizehn Lebensjahren hatten sich so viele Menschen versammelt, deren einziges Interesse ihr galt.

Rechts von ihr standen natürlich ihre Eltern, die sich noch immer nicht ganz beruhigt hatten. „Wirklich“, versicherte ihnen Anastasia zum wiederholten Male, „mit mir ist alles in Ordnung!“

Sam war auch da. Er saß auf Gertrude Steins Schoß. Man hatte ihn ins Krankenhaus geschmuggelt, denn offiziell war er noch zu jung für einen Besuch. „Wenn du dir den Kopf ein bisschen härter angeschlagen hättest“, sagte er gerade, „hättest du jetzt auch keine Haare mehr, wie ich damals.“

„Stimmt“, musste Anastasia zugeben.

„Und wenn du noch schlimmer gefallen wärst“, fügte Sam hinzu, „wärst du jetzt tot.“

„Sam, du solltest nicht ...“

„Dann hätten wir eine Beerdigung machen können“, fuhr Sam entzückt fort. „Wir hätten dich beerdigt wie die kleinen Vögelchen und Käfer und anderen Tiere und Tante Rose.“

„Sam“, flüsterte Anastasia eindringlich, „pssst!“ Ängstlich blickte sie zu Onkel George, doch dieser war in einer Ecke des Zimmers in ein Gespräch vertieft mit ... konnte es wahr sein? Täuschte sie sich auch nicht? Anastasia richtete sich ein bisschen auf und starrte angestrengt über die Schulter ihres Vaters.

Es stimmte! Onkel George unterhielt sich angeregt mit Daphnes Mutter, die ihn charmant anlächelte. Daphne war auch da und grinste Anastasia erleichtert an.

„Habe ich den Turnunterricht sehr gestört oder nicht?“, wollte Anastasia wissen.

„Und wie!“, antwortete Daphne und verdrehte die Augen. „Du hättest sehen sollen, wie aufgeregt alle durcheinander liefen und nach einem Krankenwagen brüllten. Und rate mal, wer sich die allergrößten Sorgen gemacht hat?“

„Der nervöse Japaner, der dauernd auf die Uhr geschaut hat?“

„Pssst“, flüsterte Daphne. „Er steht dort drüben in der Ecke. Nein, er war es nicht. Es war ... ach, sie soll es dir selbst sagen.“

Daphne trat zur Seite, um Ms Willoughby Platz zu machen. Diese trug nicht wie sonst ihren Mehrlagenlook; sie hatte sich nur einen Trenchcoat über ihren Turndress geworfen.

„Anastasia, du warst großartig“, sagte Ms Willoughby. „Wirklich erstaunlich!“

„Ich bin toll am Seil hochgekommen, stimmt's?“, fragte Anastasia stolz. „Und heruntergefallen bin ich nur, weil ...“

„Ich weiß. Weil du die Arme ausgebreitet hast. Dein Klettern war ausgezeichnet. Du bekommst eine Eins plus im Seilklettern. Aber warum um alles in der Welt hast du oben an der Decke die Arme ausgebreitet?“

Vorsichtig schüttelte Anastasia den Kopf. „Das zu erklären würde zu lange dauern, Ms Willoughby.“

„Na schön“, sagte ihre Turnlehrerin, „aber du hast uns mit Sicherheit einen Riesenschreck eingejagt, vor allem mir. Zum Glück ist dir nichts Schlimmes passiert, das ist die Hauptsache. Und außerdem hatte ich so Gelegenheit, deine reizende Familie kennen zu lernen: deine Eltern, deinen kleinen Bruder und deinen charmanten Onkel aus Kalifornien ..."

Onkel George und Wilhelmina Willoughby? Anastasia fiel ein, was Daphne vor wenigen Tagen gesagt hatte: dass es keinen Mann im Leben ihrer Turnlehrerin gab. Hmmmmm. Wie hörte sich „Tante Wilhelmina" an? Nicht übel. Anastasia schaute, ob Onkel George sich noch mit Daphnes Mutter unterhielt. Nein, diese sprach gerade mit der Frau im indischen Sari – du lieber Himmel, die ganze Gruppe der ausländischen Lehrer hatte sich ebenfalls in ihrem Krankenzimmer eingefunden!

Jetzt entdeckte sie Onkel George, der nun in einer anderen Ecke des Zimmers stand und mit Dr. McCartin sprach. Anastasia musterte die Ärztin etwas genauer. Hmmmm. Sie sah eigentlich ganz gut aus, wenn sie nicht das dumme Stethoskop in den Ohren hatte. Anastasia fragte sich, ob die Ärztin verheiratet war, und beschloss, sie bei passender Gelegenheit taktvoll danach zu fragen. Aber besser nichts überstürzen. Tante Rose war erst seit einer Woche tot, und es wäre etwas früh für Onkel George, an eine neue Heirat zu denken.

Anastasia fühlte sich erschöpft. Klar, sie hatte einen anstrengenden Tag hinter sich. Sie lehnte sich in ihrem Kissen zurück und betrachtete die vielen Menschen in ihrem Krankenzimmer.

Ihre Eltern sahen erleichtert aus, nachdem sie ihre Tochter hatten reden hören und sitzen sehen. Sie hatte die tollsten Eltern der Welt, fand Anastasia, obwohl beide nicht viel Gespür für Mode hatten. (Ihre Mutter trug ihre Lieblingsjeans und wie üblich eine Bluse mit Farbklecksen, ihr Vater eine bequeme, ausgeleierte Hose, die bestimmt noch aus seiner Studentenzeit stammte.)

Sam saß noch immer auf Gertrude Steins Schoß und lutschte verträumt am Daumen. „Wahrscheinlich plant er gerade eine neue Beerdigung", dachte Anastasia. Sobald ihre Kopfschmerzen etwas besser sein würden, musste sie unbedingt ein ernstes Wörtchen mit ihm reden. Vielleicht sollte sie ihm ein neues Hobby vorschlagen. Sie mochte ihren kleinen Bruder wirklich, und als ältere Schwester war sie es ihm schuldig, ihm auf seinem Weg ins Leben zur Seite zu stehen.

Gertrude Stein sah mit Sam auf ihren Knien absolut zufrieden und glücklich aus. Sie hatte nie ein eigenes Kind gehabt. „Wie schön für sie – *und* für uns –", dachte Anastasia, „dass wir jetzt Nachbarn sind. Wir haben eine Art Großmutter gefunden und sie so etwas wie eine Familie. Vielleicht sollte ich damit aufhören, einen Mann für sie zu suchen, und vor allem keinen tollen, sonst zieht sie mit ihm eines Tages womöglich nach Las Vegas oder sonst wohin."

Ihr attraktiver Onkel George unterhielt sich noch immer mit der Ärztin. Da beide so ernst dreinschauten, kam Anastasia zu dem Schluss, dass er ihr womöglich gerade erzählte, wie Tante Rose nach dem Verzehr eines Schwertfischsteaks – mit den besten Grüßen von Sal Monella – verstarb. Die arme Tante Rose! Der arme Onkel George! Anastasia verspürte tiefes Mitgefühl mit allen, die einen geliebten Menschen verloren hatten ...

Abgesehen von Mrs Bellingham, fiel ihr plötzlich auf. Daphnes Mutter, die in letzter Zeit so schlecht gelaunt und depressiv gewesen war, schien offensichtlich auf dem Weg der Besserung zu sein. Sie hatte eine neue Frisur, die ihr gut stand, und war leicht geschminkt, was Anastasia nie zuvor bei ihr gesehen hatte, ganz bestimmt nicht, als sie noch Pastorenfrau gewesen war. Im Moment unterhielt sie sich lebhaft mit einigen der ausländischen Lehrer und Lehrerinnen. Einer der beiden Japaner kritzelte etwas auf einen Zettel – notierte er sich etwa Mrs Bellinghams Telefonnummer? Anastasia fragte sich, was Daphne wohl sagen würde, wenn ...

Ihre Augen suchten nach Daphne, die am anderen Ende des Raums stand. Daphne grinste, zuckte mit den Schultern und zwinkerte ihr zu. Ihre blonden Shirley-Temple-Locken schimmerten, und Anastasia fiel auf, dass Daphne in Tokio oder Yokohama oder sonstwo bestimmt unheimlich auffallen würde. Sie sah toll aus. Um Daphne brauchte sie sich keine Sorgen zu machen. Daphne hatte Klasse.

Anastasias Blicke wanderten weiter zu Wilhelmina Willoughby. Apropos Klasse! Selbst im Trenchcoat sah ihre Turnlehrerin aus, als wäre sie geradewegs dem Titelblatt von *Vogue* entstiegen. Anastasia bewunderte ihre strahlenden Augen und ihre grazilen Bewegungen, als ihre Lehrerin sich jetzt zum Gehen anschickte, unter der Tür noch einmal kurz stehen blieb, um Anastasia liebevoll zuzuwinken – nein, keine Frage: Auf einer Skala von eins bis zehn würde sie Wilhelmina Willoughby volle zehn Punkte geben, und es war Anastasia egal, ob jemand wusste, was sie für ihre Turnlehrerin empfand. Gut, vielleicht schwärmte sie tatsächlich für sie. Was war daran so schlimm? Ihre Mutter fand es in Ordnung. Sie selbst fand es inzwischen auch in Ordnung. Und Wilhelmina Willoughby schien es auch nicht zu stören.

Während sie ihre Blicke weiter über die vielen Besucher in ihrem Krankenzimmer wandern ließ, die allmählich aufbrachen, versuchte Anastasia im Geiste, einen Zeitungsartikel zu schreiben. „Wer?", fragte sie sich.

„Mama, Papa, Sam, Gertrude Stein, Onkel George, Daphne, Mrs Bellingham, Dr. McCartin, Ms Wilhelmina Willoughby und sechs Teilnehmer der ausländischen Lehrerdelegation ...

Was?

... hatten sich um das Bett von Anastasia Krupnik versammelt ...

Wann?"

Anastasia überlegte. „Wahrscheinlich war noch immer Mittwoch", dachte sie.

„Wo?

... im städtischen Krankenhaus ...

Warum?

Weil ..." Anastasia zögerte. Dann wurde es ihr klar. „Weil sie finden, dass ich etwas Besonderes bin", sagte sie im Stillen und hoffte, dass es sich nicht eingebildet anhörte. Vorsichtshalber sprach sie es lieber nicht laut aus.

Lois Lowry wurde 1937 in Honolulu auf Hawaii geboren. Sie hat in Pennsylvania und Japan gelebt und wohnt heute in Boston. Lois Lowry ist verheiratet und hat vier mittlerweile erwachsene Kinder. Ihr Roman *Hüter der Erinnerung* (Loewe 1994) wurde 1994 mit der *John Newbery Medal*, dem wichtigsten amerikanischen Jugendbuchpreis, ausgezeichnet.

Alle lieben ANASTASIA

Anastasia mit der rosa Warze

Anastasia verliebt sich in Washburn Cummings, den absolut coolsten Typen der Schule ...

Anastasia, verflixt noch mal

Anastasias Eltern wollen umziehen, ausgerechnet in die Vorstadt. Anastasia ist davon überhaupt nicht begeistert ...

LOEWE

Anastasia, stets zu Diensten

Anastasia ist mal wieder knapp bei Kasse und nimmt einen Ferienjob als Gesellschafterin einer reichen alten Dame an ...

Anastasia und Dr. Freud

Anastasia ist ziemlich genervt. Ob das daran liegt, dass sie vor kurzem dreizehn Jahre alt geworden ist? Anastasia braucht dringend einen Psychotherapeuten ...

Anastasia voll im Stress

Klar kann Mama Krupnik für ein paar Tage verreisen. Das bisschen Haushalt ist doch gar kein Problem, denkt Anastasia. Aber dann kommt wieder alles anders ...

LOEWE